ゲスで優秀な掛け持ち執事は
三大貴族の令嬢でハーレムつくってみた。
赤川ミカミ
Mikami Akagawa
illust:218
お嬢様、今すぐ
孕ませて差し上げます
KiNG novels

ツンデレなお嬢様
オーヴェ・オキデンス

年上なお嬢様
ノルテ・セプテント
元気なお嬢様
エスト・オリエー

「はぁ、ん、ああっ♥」
オーヴェが腰を動かし、色っぽい声をあげる。
その膣内が肉竿をしごき上げ、快感を送り込んできた。
「オーヴェってばすごく気持ちよさそう。
これじゃすぐにイっちゃいそうね」
エストが俺に抱きつきながらそう言った。
「アーウェルさんも気持ちよさそうで、
いいお顔ですよ。ちゅっ♥」
反対から抱きついているノルテが、俺の頬にキスをした。

ゲスで優秀な掛け持ち執事は三大貴族の令嬢でハーレムつくってみた。

～お嬢様、今すぐ孕ませて差し上げます～

赤川ミカミ
illust：218

KiNG novels

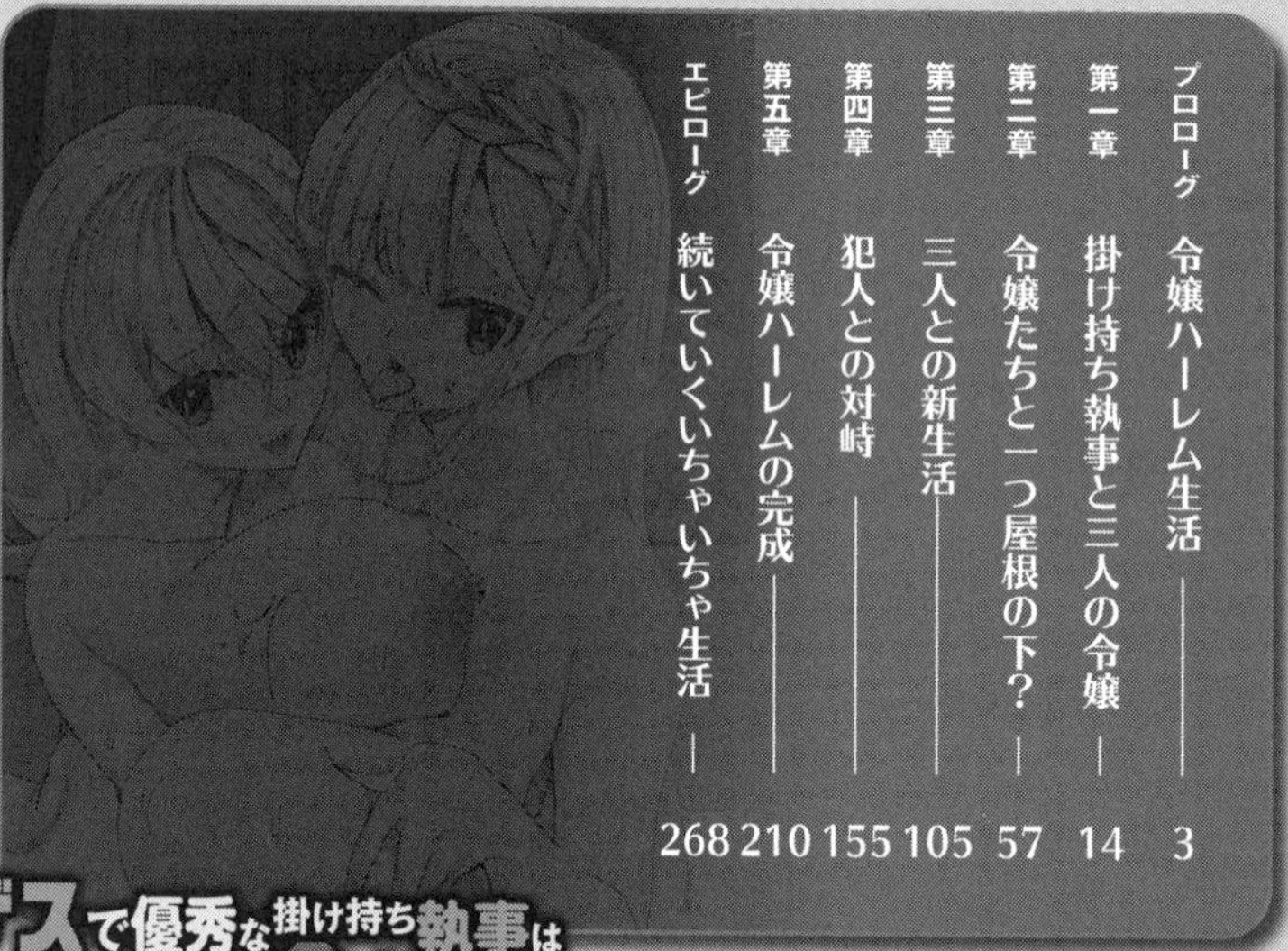

ゲスで優秀な掛け持ち執事は三大貴族の令嬢でハーレムつくってみた。

contents

プロローグ　令嬢ハーレム生活

王都にある屋敷。

貴族の邸宅が並ぶエリアの一軒が、俺――アーウェルの暮らす場所だった。

この国の三大貴族が用意してくれたもので、その造りや調度は落ち着いたものでありながら、質のよさを感じさせる。

本来、平民であり、三大貴族とは縁のない、その顔すら見ることがないような身分の俺だったが――今はこの屋敷で、そんな三大貴族の令嬢たちと一緒に暮らしているのだった。

それどころか、三大貴族の公爵たちは、俺と娘を結婚させようとして、こんな環境を用意しているのだ。

改めて考えてみると、嘘みたいな状況だな。

その理由は俺が持つ能力にある。貴族にとって有用であるからこそ、俺は庶民でありながら、破格の待遇を受けているのだった。

昼間は三大貴族に取り立てられての仕事、そして夜になれば、その令嬢たちに迫られるハーレム生活を送っている。

普通なら考えられない環境で、幸せに暮らしていたのだった。

令嬢とのハーレム生活。

夜になると誰かひとりが訪れて、ベッドを共にする。

一対一のほうが向き合えるというのもあるし、落ち着いて愛し合える。

けれど時には、刺激的なことも必要だ。

今夜は彼女たちが三人揃って、俺の部屋を訪れていた。

「たまには、こういうのもいいでしょう？」

いたずらっぽい笑みを浮かべながら、オーヴェが尋ねてくる。

金色の髪を揺らす、派手なタイプの美人だ。

強気そうな瞳がこちらを見つめる。

見た目の印象通り、気が強いタイプである彼女は、三人の中でも中心的な立場にいる。

「あたしたちが、いっぱい気持ち良くしてあげる♪」

そんなオーヴェと競うように前に出て、俺の腕に抱きついてきたのはエスト。

銀色の髪をした、元気そうな美少女だ。

三人の中で一番若く、また小柄ということもあってやや幼くも見えるが、俺の腕に当たっている豊かな膨らみが、彼女がもう子供ではないと主張している。

境遇の近さなどからオーヴェをライバル視し、よく勝負を挑んでいる。

負けたときのリアクションがオーヴェより大きいため、印象的にはボロ負けしているイメージだが、実際はわりといいライバルのようだ。

「さ、アーウェルさん、ベッドへとどうぞ」

落ちついた様子で声をかけてくるのは、ノルテ。

黒髪の美女で、ふたりと並ぶとお姉さんといった印象だ。

いわゆる貴族の令嬢らしさを一番備えている存在でもあり、穏やかに微笑む様子は男なら思わず見とれてしまう。

また、抜群のスタイル——特にその爆乳もインパクトが大きく、目を惹く。

そんな彼女たち三人と過ごす夜は、男冥利に尽きるものだ。

俺は三人に誘われるまま、ベッドへと向かった。

三人の美女たちが俺を取り囲み、期待に満ちた目を向ける。

彼女たちもまた、これからの行為に興奮しているのだ。

「それじゃ、さっそく……♪」

ベッドに上がると、エストが俺のズボンへと手をかけてくる。

オーヴェとノルテも側に来て、こちらへと身を寄せてきた。

身を乗り出す彼女たちの胸元が無防備になり、その谷間を覗かせる。

こうしてベッドを共にするようになれば、直接目にする機会は増えていたが、それでもまだまだ、ちらりと覗く谷間の魅力は抗いがたい。

そうして彼女たちの胸元に気をとられている間に、エストが俺のズボンと下着を脱がせていく。

「そんなに見つめるなら、まずは胸でご奉仕してあげようかしら」

オーヴェがそう言うと、自らの胸元をはだけさせる。

たゆんっと揺れながら現れるおっぱい。

「あたしも、んっ……」

エストも胸元をはだけさせ、その胸を露出させる。

そしてエストがいち早く股間のほうへと動き、肉竿を巨乳で挟み込んだ。

「えいっ」

まだおとなしいペニスが、彼女のおっぱいへと埋もれる。

柔らかな胸に挟み込まれて気持ちよさを感じていると、肉竿が反応を始める。

「ん、胸の中で、おちんぽが大きくなってきてる」

両手でむぎゅっと乳房を寄せながら、エストが言った。

「硬いのがあたしの胸を押し返してきてるね」

心地よい乳圧が肉棒を刺激していく。

気持ちよさを感じていると、背中からオーヴェが抱きついて、その様子を覗き込むようにした。

「ふうん、こういう感じなのね」

後ろから密着し、オーヴェの巨乳が俺の背中に柔らかく押し当てられている。

前後からおっぱいに挟まれるのは複数プレイならではだ。

「谷間からおちんぽの先が出てきてるの、すごくえっちな光景ね」

のぞき込みながら言うオーヴェ。

エストのパイズリによって完全勃起した肉棒が谷間から顔を覗かせたり、その巨乳に埋もれたりしていく。

それをオーヴェが身を乗り出してのぞくので、彼女の胸もさらに押しつけられた。

その間も、エストは胸に肉棒をはさみ、むにゅむにゅと刺激してきていた。

「それなら私は……アーウェルさん」

ノルテも自らの胸元をはだけさせると、膝立ちになって俺の顔へと爆乳を近づけた。

「えいっ♪」

そして俺の顔を、胸に寄せて抱いてしまう。

ふにょんっと極上の柔らかさが、俺の顔を包み込む。

おっぱいに顔を埋めたことで、甘やかな彼女の香りを感じる。

「んっ……」

後ろでオーヴェの声が聞こえる。

「わっ、すごいわね」

ノルテの胸に顔を埋めながら、背中にはオーヴェのおっぱい。

そして肉棒はエストの双丘に挟まれている。

三人の胸に包み込まれ、俺はその柔らかさと幸福感に浸るのだった。

むにゅっ、ふよんっ、むぎゅー。

あちこちからおっぱいが押しつけられ、気持ちよさに包み込まれていく。

「ん、しょっ……胸の中で、ガチガチのおちんぽが、んっ……」

「アーウェルさんの吐息、くすぐったいです、ん、はぁ……♥」

「わたしたち三人の胸に包まれるのはどう？」

一対一では味わえない気持ちよさを堪能していく。

しばらくの間、そうして三人のおっぱいに包まれていた。

その最中もエストによって肉棒を刺激され、射精欲は高まっていく。

背中に当たるおっぱいや、顔を埋めた柔らかさからは安心感を得られるが、パイズリはエロに全振り行為なので欲望を刺激してくる。そのギャップがまた楽しかった。

「ん、ふぅっ……おちんちん、先っぽから我慢汁を垂らして、びくびくしてる……そろそろイキそうみたい」

そう言って、少し刺激を緩めるエスト。

「せっかく出すなら、あたしたちの中に出してもらっほうがいいわよね」

そう言って、エストは巨乳から肉棒を解放した。

それに合わせてオーヴェも動いたようで、背中からも胸の感触が消える。

「あ、もう、オーヴェってば！」

エスト抗議の声をあげるが、俺の視界はまだノルテのおっぱいで塞がっており状況はわからない。

「ふふっ♥　ふたりとも、相変わらず仲がいいですね」

のんきに言いながらノルテも動き、視界が回復したところで、オーヴェが俺に跨がってきていたのが分かった。

後ろ向きなので、彼女のつるんとしたお尻が見える。

「ん、しょっ……」

彼女は肉竿をつかむと、そのまま腰を下ろして、自らの膣口へと導いていった。

「あぁっ、ん、はぁっ……！」

俺の上に座り込むようにするオーヴェと繋がる。

彼女の蜜壺が肉棒を迎え入れて、きゅっと締めつけてきた。

直接触れてはいないものの、彼女のそこはもう十分に濡れており、肉竿をスムーズに受け入れていた。

背中を向けて繋がったオーヴェが、ゆっくりと腰を動かし始めた。

「んんぁ、はぁ……ガチガチのおちんぽ、わたしの中に、ん、あぁっ……♥」

彼女が腰を動かすと、膣襞が肉棒をしごき上げてくる。

先程までおっぱいに包み込まれて高まっていた分、すぐにでも出してしまいそうだ。

「あふっ、ん、ああっ……！」

「まったく、油断も隙もないんだから」

いち早く肉棒を咥え込んだオーヴェにぼやきながら、エストが俺の横へと来た。

「ほらアーウェル、そのおちんぽで、オーヴェをあんあん言わせちゃいなさい♪」

「でも、おっぱいで刺激されていた分、アーウェルさんのほうがピンチかもしれませんね」

ノルテが反対側から俺に抱きついてくる。

その爆乳がむにゅっと俺の身体に当たり、かたちを変えた。

「はぁ、ん、ああっ♥」

オーヴェが腰を動かし、色っぽい声をあげる。

膣内もますます締まり、肉竿をしごき上げて快感を送り込んでくる。

オーヴェの淫らな腰振り。

艶やかな髪が目の前で揺れる。

「オーヴェってば、すごく気持ちよさそう。これじゃすぐにイっちゃいそうね」

エストが俺に抱きつきながらそう言った。

「アーウェルさんも気持ちよさそうで、いいお顔ですよ。ちゅっ♥」

反対から抱きついているノルテが、そう言って俺の頬にキスをした。

左右から密着され、背面座位でしごかれるハーレムプレイ。

その豪華さに、オスの欲望があふれそうになる。

「んぁっ、あっ♥ ん、くぅっ！」

高まったのか、俺の上でさらに腰を振っていくオーヴェ。

「すごくえっちに腰を振ってるわね。ほら、オーヴェのおまんこが、アーウェルのおちんぽを咥え込んで……ぬぷぬぷっ、じゅぷじゅぷって」

エストはそんなオーヴェを見て楽しそうにしていた。

「あっ、やっ、んっ、エスト、そんなに、ん、うぅっ……♥」

行為を見られていることを意識したオーヴェが、恥ずかしそうな声を漏らす。

しかし、その羞恥も快感なようで、膣道はきゅっと肉棒を締めつけながら、より激しくしごき上げてきていた。

「あっあっ♥　ん、ふぅっ……！」

オーヴェは嬌声を高めながら、腰を振っていく。

「あぁ……オーヴェ、うっ……！」

蠕動する膣襞が肉竿をしごき上げて、射精をうながすかのように締めつけてくる。

「んぅっ、はぁ、アーウェル、出そうなのね？　ん、あぁっ、いいわ。そのまま、んぅ、わたしの中に、あっあっ♥」

オーヴェは喘ぎながら、ピストンを行っていく。

「オーヴェってば淫らに腰を振っちゃって……」

「じゅぷじゅぷっ、ずりゅりゅって、いやらしい音が聞こえてきちゃいます♪」

「あうぅっ♥　ん、はぁっ、ああっ！」

ふたりの声を聞いてか、あるいはもう興奮で聞こえていないのか、オーヴェがラストスパートをかけてくる。

蠢動する膣襞が肉棒をしごき上げ、精液をおねだりしてきていた。

「んぁ、あっあっあっ♥　もう、イクッ！　ん、はぁ、あ、んうぅっ！」

乱れまくり、淫らに腰を振るオーヴェ。

俺のほうも、もう限界だ。

「あっあっ、イクッ！　ん、おまんこイクッ！　あぅっ、ん、はぁっ、あっあっ、イクイクッ、イックウウゥウゥッ！」

「うっ、あぁっ！」

びゅるるるるっ、びゅくんっ！

オーヴェが背中をのけぞらせて絶頂するのに合わせて、俺も射精した。

「んうぅぅっ♥　あぁっ、中、ん、イってるところに、精液、びゅくびゅく出されて、ん、はぅぅうっ♥」

中出しを受けて、さらに快感に嬌声をあげるオーヴェ。

収縮する膣道が、精液を吸い上げていく。

俺はその快感に従って、彼女の中に思いきり放出していった。

「あふっ……ん、はぁ、あぁ……♥」

オーヴェは気持ちよさそうに声を漏らしながら、脱力していった。

俺は彼女を支えるようにしながら、その細い身体を持ち上げる。

じゅぷっ、と卑猥な音を立てながら肉棒を引き抜くと、快楽の余韻に浸っている彼女をベッドへと寝かせた。

すると、横にいたふたりが再び身を寄せてくる。

「アーウェルは、まだまだ元気でしょ？」

「次は私たちにも、んっ……♥」

夜はまだまだ長そうだ。

俺は彼女たちへと向き合い、二回戦目に突入していく。

美女三人との、幸せなハーレムプレイ。

本来なら、ひとりと繋がるだけでも考えられないような、高貴な女性たちだ。

それが三人そろって、俺を求め、そのエロい姿を見せてくれている。

その幸せを感じながら、俺は彼女たちと交わるのだった。

第一章　掛け持ち執事と三人の令嬢

鏡を見ながら、きゅっとネクタイを締める。

ぴしりと整えられた服装にも、いつの間にか慣れていた。

最初は物理的にも精神的にも窮屈さを感じたものだが、今ではこれが普通だ。

鏡の中で、見てくれだけは立派な若い執事がこちらを見ていた。

この国の三大貴族に囲われている、特別執事のアーウェル。

衣装を着慣れはしても、その肩書きには、今でもどこか他人事のような違和感がある。

本来、執事というのは屋敷全体を管理する立場にあり、時には主人のスケジュールも管理し、秘書的な役割もこなす存在だ。

家、あるいは主人に深く仕える立場にある。

普通であれば、主人の家に長く仕える中で少しずつ仕事を覚え、出世していくのだろう。

だから、あちこちを飛び回るような人間が就く仕事ではない。

しかし、どんなことにも例外はある。

主人が任命さえすれば、それでいきなり執事になることは可能だ。信用が重要な仕事だから、そのケースは稀《まれ》なことになる。

それでもやはり、ひとりの主人、ひとつの家に仕えることになるはずだろう。

しかし俺の場合は違った。

この国の三大貴族――西の【オキデンス家】、北の【セプテント家】、東の【オリエー家】――が、王都に持つ屋敷に特別執事として雇われている。

その仕事は、他の使用人に対して目を光らせ、不審な動きをする人物がいれば、即座に確保、ないし排除を行うというものだ。

それはもちろん、俺が執事として特別に優秀だから――というわけではなく、ひとえに、俺が持つ特殊能力によるものだった。

敵意・害意、毒のような危険なものを察知するという、オカルトじみた能力を持っている俺は、不意打ちや暗殺に対する耐性が高い。

それは貴族にとって、極めて有用な能力だ。

その力を買われて、大きな権力を持つ三大貴族が俺を雇った。しかも、各家のバランス調整を兼ねて、三家ともが俺を雇っているというわけだ。

使用人全体に対する解雇の権限を持つことで、いちおうは執事という扱いだが、その実情は用心棒に近いだろう。

実際、貴族の身の回りの世話や使用人の管理については、それぞれの屋敷でちゃんとした執事が行っている。

彼らはもちろん、それぞれの家で長年勤めている信頼の置ける人間であり、他の貴族から見ても真っ当な執事である。

年齢も俺とはかなり離れているし、貴族の屋敷で鍛えられた気の配り方など、執事としての能力は比ぶべくもない。

屋敷での仕事にも慣れてきた今だからこそ、そんな彼らと近い立場だというのは、なんだか恐れ多いと感じている。

この部屋にしてもそうだ。

王都にある、三大貴族の屋敷のひとつ。そこに個室を与えられている。

執事としては妥当だが、当然、使用人のほとんどは個室を与えられてはいない。

ひとりで過ごすには十分だし、以前の俺の生活を思えば信じられないような好待遇だ。

貴族の屋敷であるから当然、建物そのものの質も違う。調度も立派なものだ。

使用人の在り方として、主人よりも流行遅れや、型遅れのものをあえて選ぶというのがある。

だが、多少古びていたところで、庶民から見れば十分すぎるほどの品であり、そちらでの暮らしが長かった俺としては、型遅れかどうかさえよく分からない。

今のような暮らしが続いていけば、俺にも流行が理解出来るようになるのだろうか。

鏡の前で衣服の最終チェックを終えた俺は、部屋を出て仕事へと向かう。

今日の行き先はオキデンス家の令嬢、オーヴェのところだ。

廊下を歩きながら、建物内や使用人へと目を向けていく。

俺の能力で、危険なものは近づけば気配がわかるし、実際に目にすればより色濃く感じられる。

力を持つ貴族であればこそ、側にいる人間の数も多い。

その多くは、ある程度の身元がわかっている者ではあるが、だからといって確実に安全といえるわけではない。

心の内面に何を隠しているかなど、わかりようもないことだ。

害意を内に秘め、長年周到に準備する——なんてことも、貴族の世界ではよく聞く話である。

庶民同士なら、勢い任せに襲いかかることが出来ても、貴族同士ではそうもいかない。

必然、害意が本気であればこそ、それを押し殺してでも時間をかけて内部に入るのが定石となる。

だからこそ俺の能力は評価され、過分な待遇にあるのだ。

他の使用人と違い、本来ならば貴族の屋敷に出入りなど出来るはずもない出自の俺が、特別扱いを受けている。

そこまでしてでも、貴族は身内の悪意に警戒しなければいけないのだろう。

そんな俺を目にする使用人の反応は、大きく二つだ。

一つは、主人を助ける者としての好意的なもの。

後ろ暗いところがなく、主人に好意的に仕えている人間にとって、俺は他の者とは違う手段で主人の身を守る盾であり、その点を評価しているためにプラスの視線を向けてくれる。

また単純に、主人が評価している人間に敬意を払っておく、というのもあるだろう。

もう一つは、特別扱いに嫉妬をにじませる視線だ。

主人に対して忠誠心が強いからこそ、その主人から俺のような者が特別扱いを受けていることが好ましくない、という反応だ。

マイナスの視線を向けられて気分がいいとは言えないが、その反応自体は自然だと思う。

どこの馬の骨ともしれない男が、特殊な能力だけで重宝されて貴族界で特別扱いを受けているとなれば、伝統を重んじる意味でも不快なのだろう。

とはいえ、直接的に動くほどの害意はないようだし、主人に対して不満があるわけでもなさそうなので、その程度は放置だ。

能力の感覚を屋敷全体に広げてみても、怪しむべき反応はない。

オキデンス家の屋敷は、今日も平和だった。

●

三大貴族は元々、それぞれの地域で辣腕《らつわん》を振るっていた貴族たちだ。

けれど時が流れ、世情が安定している今は、王都に滞在してその存在感を誇示している。

三家とも、本来の所領は分家にあたる人々に納めさせ、本家の人間は王都にそれぞれ屋敷を持ち、そこで暮らしていた。

俺が順番に見て回るのは、王都の屋敷だ。

同じ王都内にあるからこそ、俺はその三大貴族の屋敷を掛け持ちで見て回ることができる。

そんな屋敷の見回りと同時に、俺にはそれぞれのお嬢様たちと過ごす時間が設けられていた。

もともと護衛の多い主人たちに比べ、屋敷で過ごす令嬢のほうが狙われる可能性が高いから……ということなのだろう。

オキデンスの屋敷、その温室庭園にあるテーブルの側に、お茶を淹れ終えた俺は控えていた。

すぐ目の前には、優雅に椅子に座り、紅茶をたしなむお嬢様がいる。

オーヴェ・オキデンスは輝くような金色の髪を伸ばした美女なので、庭園でカップを持つ姿も絵になる。

意志の強そうな瞳と、繊細そうな細い指。

まさに上位貴族のお嬢様らしい姿だ。

その強気っぷりや、ある種のわがままっぽさも含めて、良くも悪くもお嬢様らしいのだが、時折、貴族令嬢の枠を無視するような振る舞いをすることもあった。

それが許されることこそ、真のお嬢様の証《あかし》、ということなのかもしれない。

庶民の俺にはよくわからないことだが。

そんな彼女の横に控えつつ、俺は周囲を通る使用人に注意を払った。

危険はない。それはすぐに分かった。

警戒をといた俺が視線を感じてオーヴェへ目を戻すと、彼女はじっとこちらを見つめていた。

「どうした？」

俺は気安く問いかける。

本来ならば、執事がお嬢様にとっていい態度ではない。

しかしこれも、彼女が望んだことだった。

『真っ当な使用人じゃないあなたに、表面だけの敬意なんて望まないわ』という、聞きようによっては親切な、聞きようによっては切り捨てるようなことを言われたのは、もう昔のことだ。

以来、彼女に対しては俺も気楽に接している。

「あなたも、黙っていればちゃんとした執事よね」

「そうかな？」

年齢的にも貫禄的にも、およそ似つかわしくないと思うが。

それこそ、かつての彼女が言った通りだ。

「ちゃんとした執事の仕事なんて、まだ出来ないけどな」

俺が軽口を叩くと、オーヴェはうなずいた。

「それはそうね」

大真面目に肯定されるのも気分のいいものではないが、事実なので反論はない。

「だったら、執事としての勉強も本格的にしたほうがいいんじゃない？」

「どうして？」

オーヴェの言葉に、俺は首をかしげた。

そもそも俺に期待されているのは危険を察知する能力だけであり、それ以上のものではない。

こそ能力はポンポンと替えがきくようなものではないから、そこそこ安泰な立場にある。

もし俺からこの能力がなくなったなら、多少使用人としての技術を身につけていたところで、下級貴族はおろか、ここに出入りする商人にすら家柄で劣る俺に、この屋敷での居場所などない。

「本来の執事としても優秀なら、今の待遇だけじゃなく、より上を狙えるのではなくて？」

「……どういうことだ？」

ややかしこまった態度——彼女が俺にそれを向けるときは、ちょっとした皮肉だ。

それに対して俺は、先程と同様に疑問を口にした。

オーヴェはそんな俺に「はぁ……」と、小さくため息をついた。

「野心がないのね」

呆れた様子の彼女だが、俺にないのは野心ではなく、向上心ではないだろうか。

「すでに三大貴族様から特別待遇を受けているのに、これ以上、何を望めばいい？」

本来ならこうして気軽に話すどころか、オーヴェの姿を目にすることすら叶わないくらいのところで生きてきた。

それと比べれば——というか、大多数の人間と比べても——今の俺は庶民の頂点を越えるくらいに出世していると言える。

それこそ、俺よりもずっと生まれのいい、屋敷の使用人たちから嫉妬されるくらいに。

「用心棒としてのあなたには、お父様同様に信頼を置いているけれど——」

と前置きしたオーヴェが続ける。

「それだけの能力があるのなら、名実ともに正式な執事を目指すとか、自身が貴族になることを目指すとか、してもよさそうじゃない？」

オーヴェの言葉に一瞬呆けてしまうが、すぐに気を取り直す。

「無理だ。どんな夢物語だい？　小さな子供でも『貴族になる』なんていう夢は抱かないぞ」

国が混乱していれば、武勲などでそういった成り上がりも成り立つかもしれないが、平和な今、庶民から新たに貴族が生まれる余地などない。

「まあ具体的には、貴族家に婿入りする、とかかしらね」

「それこそ、俺には務まらないよ」

特別執事という肩書きや、屋敷に用意された個室などの好待遇は受けているし、主人たちには感謝しているものの、オーヴェが言った通りで俺の立ち位置は用心棒だ。

正式な護衛でもない、外部からの雇われ者。

それですら、本来ならあり得ない幸運なのだ。

生まれ持った能力のおかげで、十分以上の環境にいるだけ。

「それなりの才能で、それなりに生きていく――って言葉すら成り立たないほど、すでによくしてもらってるよ」

心からそう思う。

この状況から、さらに苦心して上を……などと思うほど貪欲ではなかった。

オーヴェはじっと俺を見ると、小さく息を吐いた。

「もっと評価されるように、頑張ってみてもいいのに」

三大貴族の令嬢であるオーヴェ。許されているからといって、そんな彼女に気安い態度をとる俺は、新鮮に映るのだろうか。どうも過大に評価されているようだ。

俺の図太さは、ある種の大物っぽさに繋がっているのかもしれない。周囲の多くの人間は、彼女がどう言おうと態度は変えず、その地位に頭を垂れるだけだ。

彼女の意見を否定するような人間は、親族でもあり同じく三大貴族令嬢のエスト以外には、俺くらいのものだろう。

そう考えればオーヴェの考えもわからないでもないが、実際のところその期待は過剰だ。

俺は、ちょっと特殊な能力があるから重宝されているだけの平民なのだ。

貴族と平民の壁は厚い。それはこの世界では当たり前のことだ。

今ではこうして三大貴族によくしてもらって、少しは彼らのことを知った。

もしかしたらその壁は、平民の側が強く感じているだけではないか、と思うこともあるが……。

俺は苦笑いを浮かべるにとどめたのだった。

●

顔を出す日が固定されてしまうと、不心得な使用人や悪意ある者たちに利用されるため、俺がどこへ現れるかは三大貴族の家令《かれい》しか知らない。

今日はセプテント家を訪れ、その使用人たちを見て回った。

それぞれの家で、俺へ向けられる視線に大きな違いはない。

幸いというか当然というか、今日も後ろ暗いところのある人間は見つからなかった。

俺の優秀さはすでに知れ渡っているため、敵意のある人間がのこのこと入り込んでくることはまずない。

不意打ちを防げるのもそうだが、ただ居るだけで陰謀の抑止力になるというのも、俺が重宝されている理由だ。

俺はそのまま、ノルテお嬢様のところへと向かう。

庭が見える談話室で、彼女にお茶を淹れた。

そして彼女の正面に着席する。

オーヴェの望みが表面的な敬意を必要としないことなら、ノルテお嬢様の要望は、殿方に慣れる手伝いをすることだった。

元々、三大貴族の令嬢である彼女の元へは、様々な貴族が息子を引き合わせに来ていた。

すでに大人となった今ならともかく、小さな頃のノルテにとって、押し寄せる男性たちは煩わしく怖いものだったらしい。

そういった事情もあって、一時期はそれらを避け――結果として、男性に接する機会を著しく損なったまま成長したという。

深窓の令嬢、というと聞こえはいいが、そつなく対応出来ないのもまた、貴族令嬢としてはよくないとのことのだった。

もちろん屋敷には男性の使用人もいるが、彼女の周りは女性の使用人だけだ。

セプテント家自体は、政略結婚を必要とするような立場にはないものの、結婚の適齢期ともいえるし、ご令嬢が男嫌いでは貴族としての体面の問題もある。

そんなわけで、使用人以上に線引きがしっかりできる俺に白羽の矢が立った、と説明された。

それは、どうなんだろうな。

実際のところ、政略結婚を狙うような貴族の子息はともかく、長年の使用人の中にこそ、俺よりずっと分別をわきまえた者がいそうなのだが……。

それこそ俺は、上品な出の人間じゃない。

まあ考えようによっては、そんな俺にでも慣れてしまえば、礼儀正しい貴族の子息なんか可愛いものだと言えるのかもしれないが。

ノルテの真意はどうあれ、俺は言われた通りにするしかないのだった。

そんな要望に応えて、俺は戸惑いつつも、セプテント家に来る度に一緒にお茶を飲むことになった。今ではすっかり、問題なく彼女と過ごせるようになっている。

「ふたりとも、相変わらずなのですね」

俺がオーヴェやエストの話をすると、ノルテは柔らかな笑みを浮かべた。

ふたりより年上でもあるノルテは、彼女たちと比べて余裕がある。

男が憧れるような、落ち着いた令嬢らしさがあった。

「ふたりと、もっと気軽に会えればいいのだけれどね。せっかく同じ街にいるのだし」

三大貴族家が親密すぎても、他の貴族からいろいろと邪推が出てくる。それもまた、貴族社会らしいしがらみではあった。

ただでさえ、三家の力は大きいしな。

俺が王家ではなく、三大貴族でシェアされていることからも、その力がうかがえる。

もちろん俺が知る限りに置いては、三大貴族に結託して何かをしようという意志はない。王家に対する敵意がないのは確認済みだ。

だから、もっと自由に交流できればいいのかもしれないが、実際には難しいだろう。

お嬢様たちは三人とも、それぞれに特徴があって、あまり他の令嬢たちと『貴族らしい』お茶会をするのには向いてないタイプだ。

オーヴェやエストも、いざとなれば人付き合いは上手くこなせるし、ノルテも男性がいなければ問題はなさそうだが……。

ノルテが望んでいるのは、そういう貴族的な付き合いじゃなく、もっとありのままのものだろう。

つまり、友人として……ということだと思う。

親戚や幼馴染みとかでないかぎり、そういう場に呼べる令嬢というのは、なかなかいない。

ふたりでひとしきり世間話を終え、ノルテはダンスのレッスンを行う。

貴族令嬢たるもの、ダンスは必須だ。

しかし男性に免疫のないノルテは、それだけでも一苦労だということで、俺とレッスンをしているのだった。

俺のほうは、そもそもダンスの教養などないので、そこは彼女に習うかたちだ。

「そう、そこでさがって、んっ……」

手をつないで、ダンスを繰り返す。

細く、女性らしさを感じさせる手だ。もう何度も行っているとはいえ、やはりお嬢様と手を取り合うのは緊張してしまう。

「そう、次はターンをして、あっ……」

「おっと」

歩幅が上手く合わず、ノルテがよろける。

俺はそれを抱き留めた。

「んっ……」

彼女はそのまま、俺に飛び込むようにして身体を預けてくる。

お嬢様を転ばせずに済んでよかった、と思ったのは一瞬のこと。

寄りかかる彼女の身体が俺に預けられ、抱き合うようなかたちになってしまった。

ダンスであれば、こういったアクシデントは仕方のないことではあるのだが……。

相手が貴族のご令嬢だという立場的な危うさ以上に、美女を抱き寄せている状況のほうへ意識がいってしまう。

ノルテの女性らしい体つき……特に、密着して押し当てられている爆乳の柔らかさに気が向いてしまうのは、男としては仕方がない。

俺はその邪《よこしま》な思いを出さないようにつとめながら、冷静を装って彼女を立たせ、身体を離した。

「ちょっと、タイミングが合いませんでしたね。私も、まだまだ上手くいかないみたいです」

少し顔を赤くして、こちらを見上げてくるノルテ。

彼女にそういった意図はないのだろうが、その甘えるような上目遣いは、男を刺激しすぎる。

そういう部分もある意味、男に不慣れだということなのかもしれない。

この状態の彼女がパーティーに行けば、男性陣を勘違いさせまくって大変だろう。

魅力的な美女だからこそなおさらだ。

俺は内心の動揺を悟られないようにしつつ、ひとまず今日のレッスンはこのくらいにしておこう、と話すのだった。

●

オーヴェとノルテ、それぞれ方向は違えどある種のお嬢様らしさがあるのに対して、三人の中で最も貴族令嬢らしさを感じないのが、オリエー家のエストだ。

エストは素直で元気な美少女であり、貴族的な腹芸とは無縁に思える。

よく言えば素直、悪く言えばポンコツという印象だ。

そんな彼女だが、話し相手として扱うオーヴェや、男に慣れる練習台にしてくるノルテとは違い、俺をきちんと執事として扱ってくる。

彼女は唯一、「エストお嬢様と呼びなさい」と言ってきたのだった。

だがそれもやはり、純粋に主人としてではなかった。

エストがライバル視しているのが、オーヴェだ。そのオーヴェが俺と対等に付き合っていることを知ったエストは、俺を傅《かしづ》かせることで自分のほうが上だと示そうとした。

割としょうもない理由だ。ポンコツらしい考えである。

ちなみに、オーヴェのほうはそこまでエストを意識しているわけではない。

余裕であしらっているようですらある。

だが、オーヴェもそれなりに負けず嫌いだから、本心半分、見栄半分といった対応なのだろう。

そんなふうに認識には大きな開きがあるが、仲良くやっているようにも見える。

本人たちは絶対に、仲が良いとは言わないだろうけれども。

俺はエストの斜め後ろに控え、優雅にお茶を楽しむ彼女を眺める。

俺を同じテーブルに座らせたり、対等に声をかけてくる他のふたりがおかしいのであって、むしろエストのほうが貴族としては正常だ。

庶民からすれば、俺だけ立たせておいて自分は優雅にお茶を飲むのは、貴族らしい傲慢さだと思う者もいるだろうが、それは文化の違い。

むしろエストは、貴族としてはかなり使用人に敬意を払っているし、親しげに声をかけるタイプでもある。

オーヴェと俺が、普通ではないのだ。俺としては、そのほうが楽だからいいが。

お茶を飲むエストを、無礼なほど凝視しないようにしつつ、視界には収めながら後ろに立つ。

ちなみにそのお茶は、先程エストに「海外から取り寄せたものなの。東部でしか手に入らないのよ。アーウェルにも持たせてあげるから、試してみなさい。そしてオーヴェに、この茶葉がいかにすごかったかをしっかり伝えておいて」と仰せつかった、自慢の一品である。

おそらく次には、オーヴェが何かしらの貴重品を取り寄せるだろう。

自慢合戦に巻き込まれるのは面倒だ。しかし、こんなふうに渡される高価な品物のメリットも大きい。

俺自身には彼女たちのような肥えた舌がないから、ちょっともったいない気もしてしまうが。

そんなことを考えつつエストの後ろに控えていると、視界の端からオリエー家のメイドがこちらへと向かってきていた。

「お嬢様」

「どうしたの？」

声をかけたメイドに、エストが問う。

メイドの表情が少し険しい。いい話ではなさそうだ。

「旦那様が、アーウェル様をお呼びのようで」

「ふうん……？」

エストはそこで、俺のほうを振り向いた。彼女は目だけで「なにかあったの？」と問いかけてくる。

俺も、「心当たりがございません」と視線で返した。

エストがメイドに視線を戻す。そして。

「あたしも行くわ。来なさい、アーウェル」

「はい」

俺はエストに答えて、彼女についていく。

エストがわざわざ一緒に来るのは、話の流れによっては援護射撃をしてくれるためだろう。

俺自身には心当たりはないが、だからといって絶対に何もやらかしていない、ということにはならない。

貴族と俺では、そもそもの常識が違うだろうしな。

とはいえ俺へのお叱りよりも、誰かが不穏な動きを見せた……という用件のほうがあり得る。

それでも、エストがわざわざ同行してくれるのは嬉しかった。

屋敷の廊下を抜けて、オリエー公爵が待つ部屋へと向かう。

「アーウェル……と、エストも来たのか」

「ええ。どんな話か気になって」

「ああ、そうだな……エストが知っておくのもいいだろう。アーウェルにはこれまで以上に周囲を警戒してもらいたいからな」

そうしてオリエー公爵が話したのは、二十年ほど前に取り潰しにあったユークス家を名乗る何者かが、貴族たちに復讐の意志を見せてきた、というものだった。

その自称元貴族の正体はもちろん、実際に行動に移るかどうかすらまだ不明らしいが、警戒するに越したことはないだろう。

そこで俺には、これまで以上に三大貴族の周辺を警戒してほしいということだった。

普段通りにしつつも、守りを固める方針だということを聞き、俺は気を引き締めるのだった。

●

それから数日が過ぎたが、まだ屋敷に変化はなかった。

貴族たちの多くが警戒しているし、このタイミングで新たに人を雇うこともないから、使用人として紛れ込むのは難しいだろう。

俺の能力でも警戒しているが、既存の使用人に関しても、そういう意味での変化は見られない。

ただ、旧貴族家の名で脅迫が行われたという話が広まることで、不安に思う者も少なくないようだった。

そんな中、三大貴族の当主たちが、そろって俺と話をしたいと言ってきた。

いよいよどこかで本格的な動きを見せたのだろうか……と思いながら顔を出す。

場所はノルテの家である、セプテント家の応接室だった。

案内を受けて通されると、そこには三大貴族の当主たち。

それぞれと顔を合わせる機会はあるものの、こうして勢揃いしているとやはり圧迫感がある。

「ああ、そんなに険しい顔をしなくていい。今日は、脅迫者の件ではないからな」

その言葉に驚き、では何のことだろうかと気になってしまう。

いま最も緊急性のありそうな用件ではないとすると……？

「完全に違うわけでもないがな。まあ、その件がある意味では後押しになりもしたが」

「復讐とやらを防ぐのは、むしろもっと外側での警護であるべきだ」

俺が任務として警戒しているのは屋敷内。最後の保険としては有効であるものの、基本的には屋敷に入られている時点でもう……という話だろうか。

「アーウェルの能力は希有《けう》であり、我々としてもたいへんに有用だと思っている」

俺は黙って彼らの話を聞いていた。

「それに、娘たちも君のことを気に入っているようだしな」

その言葉には、どう反応していいのか迷うところだ。

よかったという話なのか、娘に色目を使うなという話なのか……。

彼らは三大貴族の当主たち。

俺が想像できる範囲を超えた舌戦を、日々繰り広げていてもおかしくない人々だ。

反射的に使った能力によれば敵意はなかったので、とりあえず令嬢に近づくなという話ではなさそうだ。普通に本題前のジャブだろうか？

俺の能力はあくまで敵意や毒をはじめとした脅威を察知するものであって、心を読めるという訳ではない。敵意からくる皮肉に気付くことは出来るが、社交辞令と好意の見分けはつかないのだ。

「君の能力は、貴族にとってはこれ以上ないほどのものだ。そこで……」

これはどうやら、良い話のようだな、と思う。

いや、俺にとって本当にプラスな話かどうかは、なんとも言えない予感もするが。

流れ的には、これまで以上に俺を抱え込む方向……ということだろうが。

三人の目が同時に俺に向く。敵意がなくとも、その迫力はすごいものだ。

そこから発せられるだろう言葉に、半ば無意識に身構える。

「娘たちと結婚してみてはどうかね」

……は？

思わず呆けた声を出しそうになって、慌てて押しとどめる。

結婚……とは？　娘たち……とは？

「結婚だよ。我々の娘たちでは不満かな？　能力が遺伝すれば素晴らしいし、そうでなくとも、娘たちも君を気に入っているみたいだから、ちょうどいいだろう」

なる、ほど……？　え？　全員と、ということなのか？

わかるようなわからないような……混乱してくるな。

いや、能力が遺伝する可能性を考えれば、その血を取り込もうとするのは理解出来る。

いきなりそれぞれの本家の令嬢相手で……というのは思い切った考えだが、反面、下手に分家が能力を得ても、良くないことの原因になりかねないのだろう。

復讐話の影響で俺の能力の価値が上がったのもわかるし、決めたなら行動は早いほうがいいのも妥当なことだ。さすがは三大貴族の行動力である。

ただ、あまりに突然のことに、俺自身の感覚はついていけなかった。

結婚、それも貴族令嬢となんて、まともに考えたこともなかったしな。

もちろん、彼女たちはそれぞれに魅力的であり、異性への目で見る部分がないかと言えばそんなことはないのだが、当然ながら身分が違い過ぎる。現実的に考えることなどありえなかった。

三大貴族の誰かが本気になれば、庶民の俺などひとたまりもないのだ。

危機を察知する能力と、それに合わせた鍛錬で、襲ってくる刺客をその場で退けるくらいのことは出来るが、社会的に包囲されてしまえば、行く当てがなくなるだけだ。

それが突然、大貴族様から令嬢との婚姻を勧められることになるとは……。

「実際に結婚するとなると様々な準備もあるから、式自体はそれなりに先になる。だが、娘たちとの交流は、もう進めてもらってもかまわんよ」

「さて、話は以上だ。期待しているぞ」

そうして、飲み込む暇もないほどの勢いで話は終わってしまった。

当主たちの強引さはいつものことだが、それにしてもあっさりしている。そこまで俺自身を信用してくれているんだろうか？　ある意味では、暗殺者よりもやっかいだと思うがな。

まあ、だからこそ早めに身内にしてしまいたいのだろう。

俺は返事すら出来ていないのに、三家ともに、もはや決定事項のようだ。

部屋から退出した俺は、そこでようやく少し冷静になって、状況を判断することが出来た。

すごいことになったな……三大貴族の令嬢と結婚か。

庶民からすると、とんでもない話だ。

おとぎ話の中でしか聞かないような展開だと思う。

貴族令嬢であることを抜きにしても、彼女たちは極上の美女なわけで。

あまりにも男の夢として、幸運すぎる状況なのだった。

●

とはいえ。

確かに貴族令嬢、しかも飛び抜けた美人との結婚話は、片方だけでもありがたすぎる夢のような出来事だ。

それも駆け落ちのような危険な行動ではなく、当主に能力を買われて、後押しを受けての恵まれすぎた縁談とあれば……。

すぐにでも飛びつくのが当然という気もする。

しかし、現実的に考えれば、貴族に婿入りするということは、様々な変化を意味する。

今の俺は特別執事として、その肩書きや権限こそ強大であるものの、言ってみれば外部の傭兵みたいな立場だ。

他の使用人のように家に尽くし、生涯関わりを持つのが当然の関係とは違う。

それもまた、一部から嫉妬を買う理由ではあるが、多少の無作法が「外部の人間だから」で許されている部分もあるだろう。

しかし結婚話が進めば、俺は正式に貴族家の一員となる。

その振る舞いも、相応のものが求められるようになるだろう。

これから先、俺は婿入りした貴族として暮らしていくことになる……のか？

そうなれば得るものも多い反面、今の庶民としての、ある種無責任な自由というものがなくなるということでもあった。

メリットのほうが大きいとは思うものの、貴族という責任ある立場を考えると、果たして躊躇せずに飛びついていいものかどうかは、悩ましくもあった。

そんなことを考えつつ、オキデンス家の屋敷を見て回り、今日も敵意を持つ者がいないことを確認した。

その後は、オーヴェの元へと向かう。

「結局、目指すまでもなく貴族になったわね」

前回、彼女と話したときには「野心がない」と言われ、貴族を目指すよう頑張ってみては、などと提案を受けたが……。

「あの時点で知ってたのか？」

「知ってたら、頑張れ、なんて言わないわよ」

「それもそうか」

彼女は小さく息を吐いた。

「ま、今でもこんな関係だし、大きく何か変わるって訳でもなさそうだけど」

「そうか？」

貴族と庶民では大きく違う気がするが……元々貴族であるオーヴェには、その生き方しかないわけで、庶民の自由さが感覚的にわからないのは当然のことかもしれない。

「急に結婚なんて話をされたときはびっくりしたが、オーヴェはそんなに驚いてないみたいだな」

「そうね」

彼女はまっすぐに俺を見た。

「ある程度は、そういう話が出ることも想定もしていたもの」

「そんなものか」

確かに、貴族の場合なら、結婚相手を親が決めるのは当然のことか。

生まれたときから、そういう覚悟は出来ている、というわけだ。

とはいえ、その相手が貴族でもなんでもない俺だというのは想定していなかったはずだが……彼女からすると、あまり違いがないのかもしれない。

すでにこうしてやりとりもして、俺のことをわかってくれている……というのはうぬぼれすぎだろうか。

しかし彼女に、結婚を嫌がる気配がまるでないのは事実だ。

というよりむしろ。

「覚えることも多くて大変でしょうけど、アーウェルならすぐ慣れるでしょう？」

「どうだろうな。なにせ覚えることが何かすら、知らないくらいだからな」

オーヴェもすでに、俺との結婚自体は決定事項だと思っているようだ。

いや、まあたしかに、貴族側から提案されて断るなんて選択肢、普通はないのか。

「サボらないかは私が見張ってあげるわよ？」

「オーヴェはたいがい、俺を買いかぶりすぎな気がするが」

「そうかしら？」

彼女は俺の目をのぞき込むように見つめてくる。

相変わらずの美人っぷりに、俺は目をそらすのだった。

●

「アーウェル、あたしを一番に妻にしなさい」

顔を合わせるなり、エストはそう言った。

「えっと……」

「結婚のことよ。もう父様たちから聞いたのでしょう？」

「はい」

俺がうなずくと、彼女はずいっと身を乗り出してくる。

その迫力……というより、美少女が身を寄せてくる気恥ずかしさに、俺は一歩後ずさった。

「オーヴェに負けるわけにはいかないわ。だからあたしを一番にしなさい」

エストはそのままの勢いでぐいぐいと迫ってくる。

彼女はことあるごとにオーヴェに張り合っているから、それ自体はいつも通りと言えばいつも通りのことではあるが……。

「そもそも、急な話でまだ……」

「そうなの？」

エストは不思議そうに首をかしげる。

「でも、悩むことなんてなくない？」

あっさりと言って、彼女は続ける。

「貴族のお嬢様と結婚できるって、一般的には嬉しいことじゃないの？」

「もちろん光栄ではありますが……」

「性格の合う合わないとかはあるだろうけど、アーウェルの場合、すでにあたしたちと接してるから、そのあたりも織り込み済みだろうし」

「使用人と配偶者では違いますよ」

「そう？　でも、オーヴェとは対等に接してるんでしょ？　ちょっとわがままというか、気の強いところはあるけど、オーヴェって貴族令嬢としては性格もいいほうじゃない？　……あたしには及ばないけど！」

とってつけたように自分を上げるエスト。ライバルとして張り合っているが、なんだかんだ仲はいいんだよな、と微笑ましい気持ちになった。

エストのこういうところは、俺も好ましく思う。

あと、わがままというか強引なところは、エストだってそうだ。似たもの同士である。

「何か気になることでもあるの？」

「そもそも俺は、貴族じゃないですしね。急に三大貴族のご令嬢と結婚、なんて話がくれば驚きますよ」

「謙虚なのね。そういうのは好きよ」

「どうも」

ストレートさに、こちらが恥ずかしくなってしまう。

「でも、なんだか不思議な感じね」

「不思議？」

「これまでは執事として仕えてもらってたけど、これからは旦那様になるってことだもの」

エストもまた、決定事項のように言う。そして、まじまじと俺を見つめてきた。

その様子はどこか子供っぽく、結婚とか恋愛とか、そういった色気のある話には無縁にも思えるのだが、やはり美少女であることには違いない。

「む、今なんか、失礼なことを考えなかった？」

「いえ、正面からそうやって見られると、やはりエストお嬢様はお美しいな、と」

俺も素直にそう言うと、彼女は一瞬驚いたような表情になり、顔を赤くした。

そして顔を伏せるようにしながら、やや大きな声で言う。

「そ、そんな当たり前のこと、いまさら言わないでよっ」

「すみません」

照れた姿も可愛らしくて、たしかにこの娘と結婚できるのは幸せなことだろうな、と思う。

どこかまだ他人事っぽいのは、やはりまだ実感がないからだろう。

「ま、まあでも、あたしが可愛いのは本当だし、仕方ないわねっ」

「そうですね」

そこについては異論なく、正直に認められる。

元気すぎたり、行動の勢いがよすぎるところなど、令嬢としてはそぐわない部分もあるのかもしれないが、そういう貴族視点を抜きにすれば、他の貴族家の令息たちからも彼女は人気だ。

親しみやすい性格だと言える。

「と、とにかくっ！」

彼女は仕切り直すように言った。

「あたしを一番に選びなさい。オーヴェたちがどうしてもって言うなら、第二夫人や第三夫人として迎えればいいわ」

彼女はそう念押しをするのだった。

一夫多妻自体は、貴族や大商人にとって、そう珍しい話ではない。

しかし、生まれながらの貴族が庶民を娶るならともかく、庶民の俺が、しかも三大貴族の令嬢たちで一夫多妻というのは、あまりにも豪華だ。

理性では明らかに、俺には荷が重い、と警告している。

しかし、彼女たちのような美女に囲まれるハーレム生活というのは、かなり魅力的だ。

はたして、流されていい場面なのだろうか……？

「あたしとの暮らしは、きっと楽しいわよ」

そんな俺の迷いを押し流すように、エストは胸を張るのだった。

●

普段の談話室ではなく、今日はノルテの私室へと呼ばれていた。

開かれている談話室とは違い、密室にふたりきりだ。

なんだか少し緊張してしまう。

「急な話で、驚かれたでしょう？」

向かいに座るノルテは微笑みを浮かべながら言った。

「ええ……」

俺はうなずく。年上だからなのか元々の性格か、性急な様子のふたりに比べ、ノルテは落ち着いているようだった。

「いろいろ準備もあって、大きく動き出すのはまだ先ですから」

「それは助かりますね」

心の準備が出来ていない、ということなのだろう。

現実的に考えて、断るなんて選択肢はないのだろうし、俺のほうにもその理由は薄いように思う。

そもそも、彼女たちのような美女と結婚できるというのは、喜びで踊り出すようなことのはずだしな。

「アーウェルさんは、何か不安に感じているのですか？」

俺の様子を見て、彼女はそう尋ねてきた。

「ええ、何せ俺は、貴族ではないもので」

常識にせよ作法にせよ、これまでとは違う場所に行くことになる。

「ああ……確かに、それは不安にもなりますね。でも」

彼女は穏やかな声で続ける。

「そのあたりは、任せてもらって大丈夫ですよ。実際にアーウェルさんがする仕事としては、これまでのように、危険なに光らせるのが主だと思いますし」

そして、いたずらっぽい笑みを浮かべて続けた。

「貴族の作法に関しても、三大貴族家のお婿様にとやかく言うほど元気な方は、きっといらっしゃいません」

「な、なるほど……」

穏やかに言っているが、すごい力技だ。確かに、無作法を指摘して笑うとか、礼儀知らずだと怒りだすには相手が悪い、ということになるのか。

「安心してください」

そう言って、ノルテは俺の手を握ってきた。

思わずドキリとしてしまう。

こちらを安心させようという意図のものだろうし、そもそもこれまでもダンスで手に触れることはあったのだが、柔らかく手を握られると意識してしまう。

結婚についての話をしていた、というのも原因かもしれない。

とびっきりの美女に手を握られ、微笑みかけられ……落ち着いているのは不可能だろう。

「それにわたしは、相手がアーウェルさんで安心してるんです」

「そうなのですか……」

元々、男との接点がなく、むしろ異性を苦手としていたノルテ。

俺はそんな彼女が慣れるために接していた相手であり、見知らぬ相手と結婚するよりは、遥かに気が楽だというのも納得だった。

「アーウェルさんは、相手がわたしでは不満ですか？」

「いや、そんなことは……」

彼女は小さく身を乗り出してくる。

そして手を握りながら、上目遣いに俺を見た。

そう迫られてノーと言うには、彼女は魅力的すぎる。

貴族の窮屈さに耐えようと思うに十分なほどだ。

さらに、身を乗り出して前のめりになったことで、そのたわわな爆乳が谷間を見せつけてくる。

柔らかそうな上乳と深い谷間は、意識と視線を縫い付けてくるようだ。

「アーウェルさん」

彼女は立ち上がると、俺の手を引いた。

それに誘われるまま立ち上がると、彼女が身を寄せてくる。

「ノルテお嬢様……」

「ふふっ……わたし、すっごくドキドキしてます……」

そう言ってこちらを見上げる彼女に、俺の胸も高鳴っている。

「練習ではなくて、本番ですね」

彼女の甘い声が耳に届き、俺の理性を蕩けさせる。

本番という言葉も、別の行為を連想させ……。

「さ、こちらへ」

俺は彼女に誘われるがまま、ベッドへと向かったのだった。

誘惑に乗ってベッド脇まできた俺を、彼女が見つめる。

「ノルテお嬢様、んっ……」

彼女は背伸びをして、キスをしてきた。

「ちゅ……♥」

柔らかな唇が触れ、ドキリとする。

ノルテはこちらを至近距離で見つめていた。

潤んだ瞳はとても色っぽく、俺の欲情をくすぐる。

「お嬢様って、付けなくていいです。だってこれからは……んっ♥」

恥ずかしそうに言葉を切ると、彼女はキスをしてきた。

いつになく積極的な彼女に驚きながらも、美女から迫られる幸福に理性など消えていく。

「ふふっ……アーウェルさんとこうして過ごせるのを、ずっと夢見てたんです」

俺の肩へと手を回し、至近距離で見つめてくるノルテ。

普段の落ち着いたお嬢様とは違う、女の表情だ。

「練習だなんて言いながら、他の殿方に慣れるつもりなんてありませんでした。こうしてアーウェルさんとだけ、んんっ……♥」

彼女は再びキスをして、俺をベッドへと押し倒してきた。

積極的な彼女に任せることにして、俺は仰向けに倒れ込む。

ノルテはそんな俺に覆い被さってきた。

俺の上で四つん這いになっている彼女。そうすると、その胸元が無防備になる。

深い谷間が覗き、ボリューム感たっぷりの爆乳が重力にひかれる。

そのたわわな果実を前に、肉竿が反応し始めてしまう。

「気になりますか？」

そう言って、彼女がくいっと胸元を引っ張る。

「おぉ……」

上乳どころか、乳首まで見えてしまいそうになり、思わず声を漏らした。

「んっ……そんなにえっちな目で見られると、恥ずかしいですけど……」

そう言いながら、胸元をくつろげていくノルテ。

「あぁ……♥」

そして恥ずかしそうな声をとともに、その爆乳があらわになる。

たぷんっと現れた生おっぱい。俺はそこに目が釘付けになった。

「そんなに見られて、ドキドキしちゃいます……♥」

彼女は羞恥に頬を染めながらも、それ以上の興奮に包まれているようで、爆乳を揺らしながら俺のズボンへと手をかけてきた。

「アーウェルさんのここ、すごく盛り上がってます……」

俺が腰を上げると、彼女がズボンを下ろしていく。

そして次に、下着へと手をかけてきた。

勃起竿がパンツを盛り上げており、彼女は注意深く脱がせていく。

「きゃっ♥」

そして下着から解放された肉竿が跳ねるように飛び出すと、可愛らしい声をあげてのけぞった。

しかしすぐに、彼女は股間へと顔を寄せてくる。

「こ、これがアーウェルさんの、おちんちん……♥」

ノルテはまじまじと肉竿を眺めていた。

彼女の息が勃起竿にかかる。温かく湿り気を帯びた吐息が亀頭をくすぐった。

彼女の手がおずぞずと肉棒へと伸びてきて、細い指が控えめに触れてくる。

「わっ……」

つんつんと指先が亀頭をつついてくる。

おっかなびっくりとした触れ方は、もどかしい。

「ノルテお嬢様、それ……」

「むぅ……」

呼びかけると、彼女は軽く頬を膨らませた。

「お嬢様はもう付けなくていいです。それとも、そういうほうが興奮しますか？」

そんなことを言いながら、彼女はきゅっと肉棒を握った。

「うぁ……」

その気持ちよさに声を漏らすと、ノルテは笑みを浮かべる。

「ここが気持ちいいですか？　この、くぼんだところを……」

「あぁっ……！」

彼女の指がカリ裏を刺激する。

おとなしく、おしとやかな雰囲気のノルテだが、大人の女性ということで、まったくの無知ではないようだ。

男性慣れしていないとは言っても、知識は手に入れられる。

むしろ、実際に接する機会がないからこそ、様々な知識を手に入れているのかもしれない。

知識だけを元に性感帯を責めるぎこちない手つきは、気持ちよさと興奮を送り込んでくる。

「アーウェルさんのここ、すごく熱くて、硬い……このおちんぽが……んっ……♥」

彼女は熱い視線を送りながら、肉竿をしごいてくる。

「ノルテ、あぁ……」

彼女の手コキで高められ、俺はノルテへと手を伸ばす。

「んっ……」

頬を撫でると、ノルテは心地よさそうに表情を緩めた。

そして肉竿から手を離し、俺に跨《また》がってくる。

足を広げたため、深いスリットがきわどいところまであらわになった。

艶めかしい腿に目を奪われていると、彼女は腰の位置を動かしていく。

「アーウェルさんのおちんぽ、こんなに逞しくそそり勃って……」

彼女が勃起竿に身体を押しつける。

「男の人がここをガチガチにするのは、女の人に挿れて、精液を注ぐため、ですよね？」

「ああ……」

妖しい笑みを浮かべる彼女に、俺はうなずく。

普段は穏やかなノルテが、今はとても淫靡だ。

「それじゃ、わたしのここに、んっ……」

腰位置を調整し、その割れ目を肉竿に擦り付けてくる。

下着越しに感じる、彼女の秘められた場所。その感触に、肉竿がヒクつく。

「アーウェルさん、んっ……」

自分で下着をずらしていくと、濡れた割れ目が姿を現す。俺に跨がって、足を開いた姿勢のため、その陰裂も淫らに口を開き、とろりと蜜をあふれさせていた。

淫靡な姿に欲望は高まる一方で、肉棒は硬く張り詰める。

「んんっ……これを、わたしの中に……ん、はぁっ……」

ノルテは肉竿をつかむと、それを自らの膣口へと導いていく。

「あ……♥　んっ……」

くちゅっ、と音を立てながら、肉竿が陰唇を割り開く。

そして愛液が肉棒を濡らし、先端が咥え込まれた。

「アーウェルさん、ん、はぁっ……！」

俺の上に跨がった彼女がは、そのままぐっと腰を下ろしていく。

「あっ、んはぁっ！」

肉棒が一度抵抗を受けるものの、ノルテがさらに腰を下ろすと、一気に中へと迎え入れられる。

「うぁ……」

熱く濡れた膣内が肉棒を包み込んだ。

うねる襞《ひだ》が、初めての異物となる肉竿を締め付ける。

「ああっ……ん、ふぅっ……アーウェルさんの、太いのが、中に、んはぁっ……」

騎乗位で繋がった彼女は、俺のモノを受け入れるのに精一杯のようだ。

俺はそんな彼女を見上げた。

「アーウェルさん、んっ……」

こうして見上げると、その爆乳がより大迫力に感じられる。

あらゆる局面で目を惹くその爆乳は、やはりいいものだ。

そして肉棒を熱く包み込む膣道。

女性と繋がっているのだと思うと、幸福感が湧き上がってくる。

狭い処女穴は気持ち良く、それだけでも出してしまいそうなほど昂ぶっていく。

「はぁ、んっ……」

呼吸に合わせて揺れるおっぱい。

そうして胸を眺めていると、落ち着いてきた彼女が緩やかに腰を動かし始めた。

「あっ、んっ……わたしの中、ん、アーウェルさんのおちんぽに、押し広げられて、はぁ、ん、ふぅっ……」

彼女はゆっくりと腰を動かしていく。

膣内に包まれているだけでも気持ちがよかったが、膣襞が肉棒をしごき上げるのは別格だ。

「あっ、んぅっ、はぁっ……」

蠕動する襞がこすれ、快感を高めていく。

「ん、はぁ……ふぅっ……」

「うぉ……」

俺の上で、ノルテお嬢様が腰を振っている。

日頃はおっとりとして、比較的落ち着いた彼女が、今は積極的なメスの顔になっていた。

「ん、アーウェルさん、ふふ、気持ちよさそうなお顔してます♥」

俺を見下ろして、うっとりと呟くノルテ。

そのエロさと締め付けてくる膣内の気持ちよさに、俺は身を任せていた。

「あっ♥　ん、はぁっ……」

慣れてきたのか、彼女の腰使いはなめらかになっていく。

リズミカルな動きに、快楽が広がっていった。

「んはぁ、ああっ」

嬌声をあげながら、腰を振っていくノルテ。

蠕動する膣襞が肉棒をしごき上げて、快感を膨らませていく。

「んはぁっ……すごいです、これっ……ん、わたし、ああっ♥」

彼女は嬌声をあげながら、その腰使いをさらに大胆なものにしていく。

「あっあっ♥　ん、ふぅっっ……気持ちいいの、いっぱいで、イクッ……ん、ああっ！」

俺の上で乱れるノルテが、高まっているのがわかる。

快楽をむさぼるように腰を動かし、そのおまんこで肉棒を締め付けていった。

「んはぁっ、あっ、ん、イクッ！　あっ、んはぁっ♥」

「うぁ……」

その気持ちよさと、乱れるノルテのエロさ。

俺のほうも、もう限界だった。

「ノルテ、出そうだ」

「んぁっ♥　わたしも、イキそうですっ……一緒に、ん、はぁっ！」

大胆に腰を振るノルテの膣襞が肉竿に絡みつき、最後の一押しをしてくる。

「ああっ、イクッ！　ん、はぁっ、ああっ♥　アーウェルさんっ、ん、ああっ！」

彼女は大きく腰を振り、俺の上で乱れ、感じていく。

「あっあっあっ♥　ん、イクッ！　んぁっ！」

「こっちも、もう出るっ……！」

「ああっ、ん、はぁっ、ああっ、ん、くぅっ！　イクッ♥　んぁ、イクッ♥　イックウゥゥッ！」

「うあぁっ！」

彼女が絶頂を迎え、大きく身体を跳ねさせた。

膣襞が収縮し、肉棒を締め上げる。その絶頂締め付けと同時に、俺も射精した。

「ああっ♥　中っ、熱いのが、んはぁっ♥」

イっているところに中出しをされ、ノルテがさらに嬌声をあげる。

こちらも、射精中の肉棒をおまんこに締め付けられ、搾りとられていく。

「あぁ……♥　アーウェルさんの、んぁ♥　熱い精液が、いっぱい……♥」

膣内はうねり、しっかりと精液を受け止めていく。気持ちよさに浸りながら、放出を繰り返した。

「んっ……♥　はぁ……あぁ……♥」

精液を出し切ると、彼女も少し落ち着いてきたようだった。

それでも、快感に蕩け、まだその余韻に浸っている。

「アーウェルさんっ……♥」

貴族令嬢であるノルテと繋がり、その高貴な膣内に射精した。

その事実が、じんわりと胸を温かくさせていく。

興奮の波が落ち着くと、次には満足感が湧き上がってきた。

「あぁ、んっ……」

ノルテがゆっくりと腰を上げて、肉竿を引き抜いていく。

ぬぽっ、と卑猥な音を立てて抜けると、彼女のアソコからは、混じり合った体液がこぼれ落ちた。

ノルテはそのまま、俺の隣へと倒れ込んでくる。

初めての行為で体力を使い果たしたのだろう。

「んっ……」

そんな彼女を抱き締めると、ノルテもそのままこちらに抱きつき返してくる。

心安まる体温を感じながら、幸福感に包まれていくのだった。

第二章　令嬢たちと一つ屋根の下？

オキデンス家の一室。

当主である公爵は、華美でないながらも質の良さを窺わせる椅子に座り、使用人から話を聞いていた。

「アーウェル本人は少し迷っているようですが、お嬢様たちを憎からず思ってはいるようで……」

「ああ」

公爵はうなずく。

「貴族になることや女性の魅力に、考えなしに釣られないのはいい点だな。といって、本当に最後まで釣られなくても困るのだが」

アーウェルの場合、その能力によって害意があれば見抜かれる。危険が無いことはすでに気付いているだろうから、すぐ飛びついたからといって問題ではないが。

そのような能力だからこそ、公爵たちも彼を重要視しているのだ。

実際、公爵たちは純粋に、アーウェルを身内に欲しいと思って婚約話を持ちかけている。

とはいえ、アーウェル自身にも警戒心があって悪いことはない。

いくら害意を見抜けるといっても、本人が油断しているようでは、能力を活かせない場面も増えてくるだろう。

御三家貴族同士で話し合い、今回の件を決めた。

アーウェルとそれぞれの令嬢を付き合わせ、その関係をより強固にするとともに、他に類を見ない彼の能力、そしてその血を家に入れようというのだ。

アーウェルの能力は魅力的だし、自身のところにだけその恩恵がないのはまずいと、三家全てが思っている。

しかし、他の家と争うつもりはない。出し抜いてまで、自分の家系だけにその力を手に入れよう、とは考えていない。

落ち着いた今のバランスを保ちつつ、アーウェルの力も手にしてより盤石にしていこう、というのが三家の考え方だった。

近頃話に出てくる、かつての貴族ユークス家を名乗る何者かについては、まだ調査中だ。

一体、実際にはどの程度のことができるのか。ただ名前を使ういたずらのようなものなのか、はっきりとはしていない。

しかしその点からも、娘たちとアーウェルの距離を近づけておくのは良いことに思えた。

「何より、オーヴェはずいぶんアーウェルを気に入っているようだし、アーウェルも上手くやっているようだからな」

公爵の親バカを含んで言えば、オーヴェは頑張り屋で相応に優秀ではあるし、困るほど聞き分けがないとか、わがままだというわけではない。

確かに強気な振る舞いや奔放な部分はあるが、自身の立場を踏まえた上のものである。

しかしいわゆる貴族令嬢的な、大人しく可愛らしい令嬢かと言われるとそうではない。

華やかな美人であり、その点は多くの人が認めるところではあるが、気が強く優秀だというのが貴族界の令嬢として人気になる要素かというと、困るところでもある。

そんなオーヴェだが、アーウェルとは上手くやっている。

一見すると、令嬢と執事としてはどっちもよろしくない物言いではあるが、ある意味ではお似合いのふたりだと、公爵は感じている。

これまで男性に興味を示さなかったオーヴェが、気に入って側に置いているというだけで、かなり大きな存在だ。

オキデンス公爵としては、その点からもアーウェルと上手いことといってくれればいいと思っているのだった。

●

三人の美人令嬢との婚約話。

そこだけ聞けば――いや実態を考えても、あまりに魅力的な境遇にいる俺なわけだが……。

他人事なら気軽に「いいじゃないか。飛びついてやりたい放題だ」などと煽るところだが、実際その立場に置かれてみると、そこまで無邪気に即決で楽しめるものでもなかった。

ありがたいことには違いないが、過度の待遇は感覚がバグる。

これがもし俺のほうが王子で、令嬢三人を娶る側、というような話ならまだわかりやすいのだが、俺はしがない庶民だ。そして、相手は全員が高位の貴族令嬢である。

普通なら格が違いすぎる。なんなら、相手の逆ハーレムに迎えられるというだけでも緊張でおかしくなるような立場の差だった。

まあ、俺はそこまで繊細なタイプでもないから、まだいいのだが。

とはいえ、そんな俺でもさすがに、即座に三人全員を侍《はべ》らせるとはいかないわけで。

ひとまず、公爵家であるオキデンス家のオーヴェの元で、婚約者候補として過ごすことになった。

無論、後日ノルテやエストの元でも同じように、婚約者候補として過ごすことになっている。

俺はいつも通りの温室庭園で、オーヴェと向き合って座っていた。

「ずいぶんいいご身分よね」

彼女はからかうように笑いながら、俺に言った。

「分不相応すぎて、混乱してるよ」

ちょっとやそっとの行き過ぎではない。これを受け入れられるような大物は、それこそ生まれながらの貴族様だ。

「ちょっと意外と言えば意外ね」

「そうか……？」

オーヴェは楽しそうにこちらを見ている。

人が――というか俺が――弱っているのを見て喜ぶというのはなかなかだが、どちらかというと俺のは嬉しい悲鳴なので仕方ないな。

「アーウェルにしては優柔不断じゃない？　わりと、物事を割り切ってることが多いイメージだもの」

「日常や仕事のこととは、だいぶ違うからな」

オーヴェから野望を持てと言ってきたことがあるとはいえ、公爵令嬢との婚姻である。

元々、使用人の立場で対等に口をきいていたこと自体が、おかしかったのだ。

周囲からすればすでに、俺はかなりの考えなしで図太いと捉えられていただろう。

実際にそういう部分も大いにあるのだが、それでも限度はあった。

「結果として、即断せずに三人全員と付き合ってみる……って考えれば、ある意味一番すごいのかもしれないけれど」

オーヴェはにやにやとこちらを見ていた。

彼女自身がその中の一人なのだが、それ以上に俺の状況を楽しんでいるようだ。

「でも、わたしが一番にってのは、エストはぎゃーぎゃー言いそうね」

またしても楽しそうにオーヴェが言う。

ライバルが嫌がることを嬉々として話す、悪いお嬢様らしい姿だ。

「あー……。最初に話が来たときも、自分を一番にしろとは言ってたよ」

「でしょうね。特にわたしより先にでしょう？　あの子は負けず嫌いだし」

「たしかにな」

他はともかく、オーヴェには特にライバル心を出している。

それだけ意識しているし、ある意味オーヴェのことばかり考えている様子だ。

「きっと今頃は、自分を最初にしなかった父親に怒ってるわね」

「オーヴェは、俺が先にエストやノルテのところへ行っても気にしないか？」

そう尋ねると、オーヴェはおかしな顔で一瞬だけ固まった後、表情をゆがめた。

「それはかなり癪ね」

オーヴェはあえて口にはしなかったが、それはノルテよりも、エストを意識してのことだろう。

性格的にエストほど露骨に感情を表に出さないだけで、オーヴェもなんだかんだいって、エストのことを意識している。

結局、いろいろと似たもの同士なのだ。

「今、ものすごく失礼なことを考えていたわね？」

俺の思考を読んだかのように、オーヴェが言った。

そう言われても、かなりわかりやすかったからな……。

「いや、そんなことは」

俺は一応そう言うが、何を考えていたかは彼女にも伝わっている。

攻めていると強い反面、いざ攻められる側になると脆いのも、オーヴェの可愛いところだ。

「アーウェルにしてやられるのも癪ね」

俺は肩をすくめてそれに応えた。

お嬢様相手ということで気を遣うことが多いが、オーヴェは自分から、お嬢様扱いしなくていいと言ってくれている。意外と気も合うから、気楽な相手ではある。

婚約の話が出て、最初がオーヴェのところというのも、そのあたりを公爵たちに見抜かれているからなのかもしれないな。

公爵たち自身は、そこまで俺たちを見ているわけではないだろうが、そういったことの察知能力は、おそらくかなりのものなのだろう。

情勢が安定しているとはいえ、貴族世界で生きていくには、相性を読む能力は必須だと思われる。

俺はそのあたり、実は苦手だ。敵意に対して反応出来る能力で、危機は無難に回避できる反面、それ以外の人間関係に関しては鈍いかもしれない。

相手を気遣って地盤を固めていくとか、敵意を抱かせないように付き合うといった方面は、さっぱりだ。

オーヴェと過ごす緩やかな時間は、これまでとあまり変わらない気もするが……。

立場は確実に変わってきているのだと、不思議な気持ちになるのだった。

●

薄暗い部屋の中、男は密かに笑みを浮かべていた。

想定以上に上手く、貴族の屋敷に入り込むことに成功していた。

本来、対等な貴族でもない人間がその内側に入り込むのは難しい。

庶民と貴族は住む世界が違う。

低位の男爵や子爵であれば、まだゆるやかなほうではあるし、地方によっては庶民との距離が近いこともある。だが、王都やその周辺となれば、上位貴族と庶民は明確に隔てられている。

使用人は身元のはっきりとしている者だけ。

それどころか、上位貴族ともなれば基本は、使用人すらも他貴族の子女だ。

庶民が入り込む余地はない。

出入りの商人はいるが、それも信用できる大商人に限られる。

何代にも渡ってその貴族に出入りしている人間が、変わることなく呼び立てられている。

流行の品などであっても、そういった大商人が買い付けて貴族に紹介するという流れだ。

なにか珍しい物、貴族の間で流行る物を用意すれば、それなりの富を手にすることは出来るが、信用されて御用商人になれるということはまずない。

それほどまでに固定化されている状況。

しかし男は、上手く内側に入り込んでいた。

すべては復讐のためだ。

ユークス家。

以前は侯爵として大きな力を持っていたものの、とある事情で取り潰しになった家。

彼はその流れを汲む人間だった。

本家直系でなかったため、取り潰しの際にその存在は見逃されたが、これまで貴族として暮らしていた中で、いきなりすべてを奪われていた。

年月が過ぎた今、貴族たちはもうユークス家などなかったかのように、変わらず暮らしている。

先祖代々の資産を引き継ぎ、ただのうのうと暮らしている貴族たち。

ユークス家を潰し、その力と財産を分け合い、自身は何も奪われずにいる人間たち。

そんな彼らに思い知らせるため、男は復讐を宣言した。

それによって貴族の間に混乱が生じているのも、内側に入り込んだ男には情報として入ってくる。

だがもちろん、ただの脅しで終わらせるつもりはない。

当然だが、貴族はユークス家の名による復讐を恐れてはいるものの、かつての過ちを詫びようとか、名誉を回復させようだとかは思っていない。

ただ、自身の身を案じているだけだ。

その姿勢は予想通りではあるが、許せるものではない。

だから復讐を実行に移す。

まずはローム伯爵家だ。

ユークスと親交がありながら、裏切って売った最大の罪人。

一番許せない人間を、真っ先に裁く。

奴らはまだ、ただの脅しだと思っている。

警戒はするが、危機は身に染みていない。

だからこそ、確実に仕留められる最初に、ローム家を選ぶ。

無論、残る貴族たち、特に御三家などと驕《おご》り、ユークスの財産を多く奪っていった人間たちも許しがたい。

後々は、そちらもしっかりと落とし前を付けさせるつもりだ。

男は決意を固め、いよいよ最初の復讐へと移る。

●

令嬢との婚約話が来て、まずはオーヴェの元で過ごすことになった初日。

俺は与えられた部屋で、少し落ち着かない気分だった。

それも当然だろう。

なにせ、今日は本格的に話が動いた最初の夜。

これまでお嬢様として仕えていた——あまり普通の仕え方ではなかったが——オーヴェと、婚約者として過ごす初めての夜だ。

当然、これまでとは違う関係で過ごす夜となれば、その意味合いも変わってくる。

「アーウェル」

そんなことを考えていると、オーヴェが部屋を訪れてきた。

「ああ……」

俺は彼女を部屋へと迎え入れる。

オーヴェのほうも、少し緊張した様子で落ち着きがない。

「な、なんだか変な感じね……」

普段の勢いもなく、幾分しおらしい様子の彼女はとても可愛らしい女の子で、俺のほうもドキドキしてしまう。

「…………」

「…………」

互いに沈黙し、微妙な空気が流れてしまう。

魅力的なのは間違いないのだが、これまでの気安い関係とは違う雰囲気だ。

「ふふっ」

オーヴェが小さく笑った。

「アーウェルもいつも通りじゃなくて、ちょっと安心したわ」

その様子に、俺も少し緊張がほぐれた。

「わたしだけガチガチだったら悔しかったけど、あなたもずいぶんぎこちないみたい」

俺の様子を見てペースを取り戻したオーヴェが、そのまま歩き出した。

「さ、行きましょう」

「ああ」

そして俺たちは、並んでベッドへと向かう。

婚約者としての夜。

当然、することは決まっている。

俺は覚悟を決め、普段より少しおとなしいオーヴェと並んでベッドへと腰掛けた。

「あっ……」

軽く抱き寄せるようにすると、緊張しつつも身を委ねてくるオーヴェ。

彼女の華奢な肩と、甘い匂いを感じる。

彼女が腕の中から俺を見上げた。

上目遣いの彼女は、普段の強気な様子とは違っていて、俺は引き寄せられるように顔を近づける。

「んっ……」

目をつむった彼女と唇を軽く触れあわせた。

唇を離し、彼女の頬を撫でる。

そのまま首筋、鎖骨へと指を滑らせていった。

「んんっ……」

くすぐったそうに小さく身体を揺らすオーヴェ。

俺は鎖骨から胸元へと手を動かしていく。

彼女は小さく息をのみ、それを受け入れる。

しおらしいお嬢様の様子に、昂ぶりが増していく。

そして、その大きな胸へと触れた。

「んぁ……」

むにゅんっと柔らかな感触が伝わる。

そのまま軽く揉むようにすると、乳肉が心地よくかたちを変えていく。

「あぁ……アーウェル、んっ……」

恥じらいを滲ませるオーヴェの表情に欲動が刺激され、俺は胸元をはだけさせて、その生乳を求めた。

「あぅっ……」

たぷんっと揺れながら現れる生おっぱい。

オーヴェは顔を赤くして、胸を隠そうと手を動かした。

しかし俺は、その腕をつかむ。

「ちょっと……んっ……」

細い腕をつかみ、オーヴェが胸を隠すのを阻止した俺は、そのまま生おっぱいを眺める。

まじまじと見られたオーヴェは恥じらうものの、顔も胸も隠せない。

せめてもの抵抗として顔を背ける様子が可愛らしく、さらには動きに合わせて、巨乳が誘うように揺れている。

俺は耐えきれず、腕を放すとすぐに生おっぱいを揉んでいった。

「あぁっ……ん、はぁ……」

吸い付くような肌と、極上の感触。

ハリがありつつも柔らかにかたちを変えるおっぱい。

指の隙間からあふれる乳肉がいやらしく、高まる欲望を抑えきれない。

「アーウェル、ん、えっちすぎ……」

オーヴェは潤んだ瞳で俺を見上げながら言った。

普段の彼女なら、それは胸へと飛びつく俺に対する煽りなのだろうが、今の彼女がその可愛さで煽《あお》れるのは劣情だけだ。

「オーヴェこそエロ過ぎるぞ」

「な、なに言って、んっ……わたしは、あっ……」

言葉の間に挟まる喘ぎもエロく、俺は胸への愛撫に夢中になっていく。

揉む手に合わせてかたちを変える双丘。

柔らかな胸を揉みながら、その頂点で存在を主張し始めた乳首へと指を伸ばす。

「んあぁっ！」

きゅっと軽くつまむと、オーヴェが嬌声をあげた。

「あっ、そこ、んっ……」

敏感なようで、これまで以上の反応が返ってくる。

俺はそのまま、オーヴェの両乳首をそれぞれの手で責めていった。

「あっ、そんなに、ん、くりくりいじられると、んぅっ……」

両方の乳首を指先でもてあそび、愛撫を行っていく。

「んぅっ、はぁ、アーウェル、ん、だめぇっ……」

感じながらそう言うオーヴェに、ますます欲望が膨らんでいく。

「あっ、ん、はぁっ……！」

乳首をいじられ、甘い声を漏らしていくオーヴェ。

俺は一度乳首から指を離すと、残る彼女の服を脱がせていった。

「んっ……」

快感から解放された彼女だが、まだどこかふわふわとしているようで、無抵抗のまま脱がされていく。

そして下着一枚になったところで、ようやく自身の格好に気付いたようだった。

「あっ……」

脚を閉じて隠そうとするオーヴェだが、俺はその脚の間へと身体を割り込ませた。

「だめぇっ……」

恥ずかしそうに言う彼女の下着は、すでに濡れて色を変えていた。

下着越しでもはっきりわかるほどに愛液を漏らしているのが、自分でもわかっているのだろう。

普段とは違うオーヴェはとても可愛らしく、俺はその、最後の一枚へと手をかけた。

「あっ、ん、あぁ……」

そのまま下着を下ろしていくと、クロッチの部分がいやらしい糸をひいた。

そしてオーヴェのお嬢様まんこがあらわになってしまう。

そこはもう濡れて艶めかしく、メスのフェロモンが香ってくる。

引き寄せられるようにして、その割れ目へと指を伸ばした。

「んぁっ♥」

くちゅ、といやらしい水音とともに、彼女の可愛い声が響く。

指先で軽くなぞりあげると、ぴくんと細い身体が跳ねた。

「ああっ、アーウェル、んっ……！」

指先で軽く押し広げると、ピンク色の内側が覗いてくる。

オーヴェの処女穴をほぐすように、軽く指先でいじっていった。

「ん、あぅ……アーウェルの指が、わたしの、ん、あぁっ……♥」

慎重にその秘穴を愛撫していき、受け入れられるようにならしていく。

「んんっ、そんなにいじって、あぁっ……♥」

秘めたる場所を愛撫されて、オーヴェがますますメスの顔になっていく。

そのエロ可愛さに、すぐにでもぶち込みたくなる衝動を抑えながら、俺はおまんこへの愛撫を続けていった。

「ああ、だめっ、ん、ふぅっ……」

「ほら、オーヴェのここ、えっちな音を立ててる」

くちゅくちゅと水音を響かせるようにいじると、彼女はさらに反応した。

「いやぁっ……だめぇっ……ん、ああっ♥」

恥ずかしさを感じながらも、快感に声をあげているオーヴェ。

俺はじっくりとその穴をほぐしてから、自身の服を脱ぎ捨てた。

「オーヴェ」

「アーウェル、あぁ……」

仰向けの彼女は、こちらを見上げる。

オーヴェの柔らかおっぱいに触れ、処女穴をいじっている内に、俺のそこはもう硬く張り詰めていた。

彼女の視線がその勃起竿を捕らえる。

姿勢を変えて、彼女の脚を開かせた。

そして猛る剛直を、ひっそりと俺を待つおまんこへと向けていく。

「んっ……はぁ……♥」

こちらを見上げたまま、艶めかしい息を吐くオーヴェ。

ゆっくりと腰を進め、その膣口に肉棒をあてがった。

「いくぞ」

「うんっ……ん、はぁっ……」

彼女は小さくうなずく。

そのいじらしい姿はあまりに可愛く、俺は慎重に腰を進めていった。

「ああっ！」

亀頭が陰唇を割り開き、わずかに進む。

そしてすぐに、ぐっと抵抗を受けた。

最後の砦である処女膜。

それはオスの侵入を拒むかのように存在しているが、そのほかの部分はもう受け入れ体勢ばっちりとばかりに濡れ、妖しく蠢いている。

俺はそのまま力を込めて、腰を進めた。

「んぁっ、あぁぁぁっ！」

すると抵抗が消え、肉棒が膣内に飲み込まれる。

熱く濡れた蜜壺が肉棒を受け入れ、締め付けてきた。

「あぅっ、ん、あぁっ……！」

処女穴は狭く、肉棒に押し広げられながら、きゅうきゅうと締め付けてきた。

「あふっ、はぁ、んんっ……」

初めてのモノを受け入れたオーヴェが、どうにか落ち着こうとしている。

「大丈夫そうか？」

一糸まとわぬ姿で肉棒を受け入れているオーヴェ。

処女穴は当然のように狭く、まだ挿入になれていない様子だ。

「んっ、大丈夫だから、あっ、ん、ふぅっ……」

その声には、わずかに色が宿っているように感じられた。

こうして顔を赤くしておしとやかにしていると、あらためて彼女の可愛さを感じる。

きゅっと肉竿を締め付けてくる膣内を感じながら、俺はゆっくりと腰を動かした。

「あっ、んんっ……」

絡みつく膣襞を擦り上げるようにしながら、緩やかに往復していく。

肉棒を締め付けてしごく膣内の気持ちよさと、女の子としてオーヴェを抱いているという状況に昂ぶりが抑えきれない。

「あふっ、ん、はぁ、アーウェル、んんっ」

潤んだ瞳でこちらを見上げるオーヴェ。

俺は徐々に腰振りのペースを上げていく。

「ああっ、ん、中を、アーウェルのが動いてるっ、ん、あぁっ……♥」

オーヴェが感じるのに合わせ、膣内がきゅっきゅと肉棒を締めつけてくる。

その気持ちよさを感じながら、抽送を続けていった。

「あふっ、ん、あぁっ……」

蠕動する膣襞を擦りながら、ピストンを行う。

細い身体が揺れるのに合わせて、オーヴェの大きなおっぱいも柔らかそうに揺れた。

「んはぁっ、あっ、ん、あうっ……♥」

彼女の艶やかな姿を眺めながら、腰を振っていった。

「あんっ♥　ん、はぁ、あぁっ！」

女の子として感じているオーヴェの姿はとても可愛らしく、俺の欲望を刺激する。

そんな彼女の姿に、吐精欲求が高まっていった。

俺はぐっと腰を落とし、膣奥を目指して突き出した。

「んはぁっ♥　あっ、アーウェルの、わたしの奥に、ん、ああっ！」

膣奥を突かれて嬌声をあげるオーヴェ。

うねる膣襞《ちつひだ》を擦り上げながら往復していく。

「あっあっあっ♥　イクッ！　ん、はぁっ、ああっ！」

快楽に声をあげ、感じていくオーヴェ。

俺と同様、彼女ももう限界のようだ。

そのまま高め合うように腰を振り、昇り詰めていく。

「んあぁあっ♥　イクッ！　ん、はぁ、わたし、ん、はぁっ、あっ、イクッ！　ん、イクイクッ、イックウウゥウゥウゥッ！」

「う、あぁ……！」

彼女が絶頂を迎え、膣内がきゅっと収縮する。

その絶頂のおまんこ締めつけに、俺も限界を迎えて射精した。

「んはぁあっ♥　あっ、イってるおまんこに、あふっ、せーえき、びゅくびゅく出されてるっ♥　ん、あぁっ！」

オーヴェはさらに嬌声をあげて感じていった。

精液を搾り取る膣襞のうねりに乞われるまま、俺は中出しを行っていく。

「あっ、ん、はぁ……♥」

そうしてすっかりと搾り取られ、俺は肉竿を引き抜いた。

「んあっ……♥」

引き抜く際にも粘膜がこすれ、彼女が甘い声を漏らす。

「あっ、はぁ……ん、ふぅっ……」

彼女は色の混じった荒い呼吸をしながら、俺を見上げた。

「アーウェル……んっ♥」

俺はそんな彼女に軽くキスをして、その隣へと寝転がった。

オーヴェは身体を横に倒し、こちらへと抱きついてくる。

行為後の火照った身体。

その体温と柔らかさを感じながら、俺は幸福感に包まれていた。

●

深夜、男がベッドから抜け出す。

今日は特別な夜だ。

着替えた彼は部屋を出て、暗い屋敷の廊下を歩いていった。

しんと静まりかえった中に、男の足音がわずかに響く。

何かあれば警備の騎士が動くものの、王宮ほどの厳重さではないので、深夜までずっと見回りをしている訳ではない。

この屋敷の警備が重点的に見るのは、庭や門の周辺であり、屋敷内に関してはそこまで厳重というわけでもなかった。

入られる前に食い止めるのが彼らの仕事であり、貴族のプライベートなエリアには踏み込まないと考えれば当然のことだろう。

それに……。

この屋敷の中であれば、仮に使用人に姿を見られたところで、おかしなことはない。

男は正式にこの屋敷で過ごすことを許可されており、たとえ誰かとかち合っても「深夜に目が覚めただけ」と言い訳も出来る。

男が真に気をつけなければいけないのは、この後だ。

暗い廊下を抜けて、屋敷を出る。

人気がないのを確かめながら、庭へと下りた。

外へ出ると、月明かりで幾分マシにはなるが、それでも薄暗い。

彼は身を隠しながら外へと向かい、夜道を進んだ。

夜の街はとても静かだ。

寝静まり、活動する者のいない時間。

特にこのような、貴族の邸宅が並ぶエリアはなおさら静寂に包まれている。

そんな中を、男は影のように進んでいった。

ユークス家が取り潰されて以降、男自身、日の当たる存在ではなかった。

本家ほどではないにせよ、本来ならば貴族として暮らしていられたはずの自分。

しかしローム家に裏切られ、失墜し、分家である自分たちもまた日陰へと追いやられた。

そこからは復讐を願い、力をつけ、生き延びてきた。

回り道もしたが、今は貴族の屋敷に入り込めるほどになり、事は順調に進んでいる。

そして今日。

いよいよ、最大の仇敵、ローム家に思い知らせるのだ。

道を行く男の口角は、知らずに上がっていた。

歪《いびつ》な笑みを浮かべながら、男はローム家を目指していく。


下調べはすんでいた。

貴族家の内側に入り込んだ……とはいえ、それとは別の家のこと。

その詳細まで探るのは骨が折れたが、男の今の身分で貴族の家に入り込むのに比べれば、楽なことだった。

復讐の声明はすでに出しており、普段よりは警戒しているのだろうが、まだまだ半信半疑であろう貴族たち。

むしろ、ただの脅しであり、実際には行動など起こせないという見方が一般的なようだったから、見回りを多少増やすくらいの対応が多い。

男は上手く屋敷に侵入し、事前に調べていた令嬢の部屋を目指す。

静まりかえった廊下。

暗いその中を、足音を立てないよう慎重に進んだ。

多少荒っぽくなっても成し遂げるつもりだが、スマートに進めばそれに越したことはない。

ここまで、長かった。

ユークス本家が取り潰されてから、二十年ほど。

男にとっては、物心ついた頃からほとんどが、貴族から堕ちた後の生活だった。

華やかな暮らしはごく小さな頃の記憶だけで、その後はずっと辛酸を舐めさせられ続けてきた。

他の貴族たちは何食わぬ顔で、昔と同じようにふんぞり返っている。

それを遠くに感じながらの人生だった。

それも今日までだ。

これまでの報いを受けさせる。

男は廊下を進んでいき、何事もなく令嬢の部屋へとたどり着いた。

すでに皆、寝静まった後。

男は慎重にドアを開ける。

部屋の明かりも落ちており、暗い室内。

足音に気をつけながら進んでいく。

ベッドのほうへと向かうと、目当ての令嬢は当然のように眠っていた。

男は気付かれないように、接近する。

そして剣に手をかけた。

●

「おはよう、オーヴェ」

ベッドの上で目を覚ました彼女の頬に、冗談めかしてキスをした。

オーヴェは一瞬固まったあと、悔しそうな表情になる。

「不思議な目覚めね」

彼女は上掛けを引き寄せて身体を隠しながら、上半身だけを起こして俺を見た。

昨夜はずいぶんと可愛らしかったオーヴェだが、今日はいつもの態度に近い。

それでも、昨夜の情事もあってか恥ずかしそうではあるのが、かえって可愛らしかった。

俺は彼女から視線を離すと、ソファへと向かう。

そしてそこに身体を預けながら、再びベッドのほうへと目を向けた。

すっと立ち上がったオーヴェが着替える姿を眺める。

白い肌に、細く美しいスタイル。

それでいて胸は大きく魅力的だ。

「ちょっと」

彼女は俺の視線に気付くと、軽くこちらをにらむようにした。

「じろじろ見ないでくれる？」

「昨日はじっくりと見て、触ったのに？」

「デリカシー！」

彼女は顔を赤くしながら大きな声で言う。

もっとからかいたいという欲求も出たが、あまり怒らせすぎるのもよくないだろう。

俺はしぶしぶ彼女から視線を外して、窓のほうへと向けた。

あまり可愛い姿を見ていると、またしたくなってしまうしな。

目を向けた窓からは朝日が差し込み、なんとも健康的だ。

着替え終わった彼女が、こちらへとやって来る。

「何か、飲み物でも用意してもらおうか？」

そう言うと、少し迷って、彼女はうなずいた。

「そうね」

自分の部屋に戻る、と言うかとも思ったが、想定より可愛らしい反応だ。

俺は立ち上がってベルを手にしようとしたが、廊下側から近づいてくる気配に気付いた。

「アーウェル様」

ドアの向こうから女性の声がかかる。

「どうした？」

言いながら、ちらりとオーヴェに目を向ける。

すでに着替えも終わり、優雅にソファに腰掛けている彼女。

ベッドのほうには多少昨夜の痕跡もあるが、これはまあ仕方のないことだろう。

どのみち、俺たちが自分でシーツを洗濯することはないのだし。

「少しよろしいですか？」

「ああ」

俺が言うと、ドアが開き、メイドが部屋へと入ってきた。

「旦那様がお呼びです。その……昨夜、事件があったようで」

「事件？」

聞き返す俺に、オーヴェも顔をこちらへ向けた。

「はい。なんでも、ローム家のほうで、その……」

メイドは少し声を潜めるように言った。

「ご令嬢が殺害された、ということらしく……」

その後、オキデンス公爵に詳しい話を聞いた。

といっても、そこまで事細かに事件についてわかっていたわけではない。

現場もまだ混乱しており、調査の途中だ。

しかし、これまでは脅しだけだったユークス家を名乗る何者かの犯行に、貴族たちは警戒を強めたという。

奴は実際に行動を起こした。それも、貴族の屋敷に潜入し、令嬢を殺害したのだ。

犯人はまだ捕まっておらず、一度の殺害で大人しくなるとは思えない。

公爵たちは娘を守るため、動くことになった。

ちょうど今は、娘たちと俺の婚約を進めている最中だ。

まだ相手を選んでいる……という建前を利用して、娘たちを一ヶ所に集めておき、俺の能力で使用人をチェックして警備を固めることにしたらしい。

さっそく、オキデンス家、エプテント家、オリエー家で話をまとめ、令嬢たちは一つの屋敷に移り住むことになった。

まずは俺が新たな屋敷へと向かい、使用人たちと顔を合わせることになった。

各家から選抜された使用人たちだ。

それぞれのお嬢様についていたメイドを中心に、信頼できそうな人間を集めた上で、俺が能力で普段以上に入念なチェックを行う。

人選が絞られているとはいえ、屋敷一つ分ともなればそれなりの人数になる。

俺は順番に使用人たちと顔を合わせ、その害意を調査していく。

幸い、屋敷に回された使用人たちにその兆候はなく、全員問題がないということがわかった。

そこで引っ越しが進められ、オーヴェたちも新しい屋敷へと移った。

俺は一日がかりで、御三家に残る使用人たちも一通りチェックすることになったが、こちらも問題はなく、今現在は、それぞれの家にも怪しい人間が入り込んでいるということはなかった。

日が暮れ、一通りの確認を終えた俺は、新しい屋敷へと戻る。

能力のお陰で、他に比べればもう強く警戒する必要はないものの、事件が起こったことには変わりない。

そのため、まったく普段通りとはいかないが、なんとかなりそうだ。各屋敷から人を集めての新生活という不慣れさはあっても、それがかえって、気を紛らわせてくれる部分もありそうだ。

目の前の忙しさにとらわれている間は、他のことを考えなくて済む。

今回の事件のように、自分ではどうにもできないことであれば、そのほうがいいものだ。

それぞれの屋敷のチェックも終わったから、今は一段落ついた安心感と疲労感も大きい。

リビングへ向かうと、三人が俺を出迎えてくれた。

「おかえり、アーウェル」

「お疲れ様です、アーウェルさん」

オーヴェとノルテが俺に気付き、声をかけてくる。

そしてその奥には、椅子に腰掛けたエストがいた。

それぞれと顔を合わせることは普通だが、こうして美女三人がそろっているというのは、なかなかに壮観だ。

それぞれ美人ということもあり、彼女たちが一つの風景の中にいるのは、とても絵になる。

「ひとまず、安全みたいね」

「ああ」

俺の様子を見て言うオーヴェにうなずく。

「さ、ゆっくり休んでください」

そう言って、ノルテが椅子を勧めてくれる。

「アーウェルが見てくれたなら、安心だね」

エストはそう言って、メイドに声をかける。

程なくして、メイドが飲み物を持ってきてくれた。

俺はそれを受けとって、口を付ける。

エストは三人の中で唯一、気安さはありつつも、しっかりと俺を使用人として扱っていたので、この対応には少し新鮮な感じがした。

まあ、元々エストが俺を使用人として扱っていたのは、オーヴェが対等な関係として扱うならその逆で、という理由だろうしな。

本来はそれが当然なのだが、俺にお嬢様と呼ばせて立場を明確にすることで、オーヴェも自分の下に置こうという話だ。

「これからはみんなで暮らすんですよね。なんだかドキドキしますね」

ノルテが穏やかな笑みを浮かべながら言う。

「オーヴェと一緒とか、変な感じ」

エストが言うと、オーヴェは口元だけの笑みを浮かべた。ノルテの穏やかさに対し、こちらは少し悪そうな笑顔だった。

「予定より早く、アーウェルと過ごせてよかったわね、エスト」

暗に、自分が先であり、本当ならエストの元へ行くのはもっと遅かったはずだと臭わせて、優位を突きつけるオーヴェ。

「はぁ？　あんたこそ、アーウェルに呆れられる前に三人一緒になって、良かったわねっ！　その性格じゃ、すぐに根をあげられてたに違いないわっ」

やり返すように言うエストだが、オーヴェは余裕そうだ。

「アーウェルとは、これまでだって対等に付き合ってきたのに、今さら呆れるわけないじゃない」

そんなこともわからないのかと、わざとらしく肩をすくめて、バカにした様子のオーヴェ。

「きーっ。もっと付き合いの長いあたしだって、あんたのそういう態度には呆れてるわよっ」

「アーウェルは、エストよりずっと大人だもの。ねぇ？」

オーヴェはにやりと笑って俺へと目を向けた。

俺は曖昧な笑みを浮かべてごまかした。

「ふふん、大人なアーウェルに甘えているだけなんて、子供じゃない」

勝ち誇ったように言うエストだが、オーヴェは全然動じていない。

「アーウェルさん、やっぱりモテモテですね」

そんな俺の隣に来たノルテが言って、そのまま身を寄せてくる。

花のような香りと、彼女の体温を感じる。

エストたちの賑やかなやりとりとは正反対の落ち着きが、大人の女性らしさを際立たせる。

すぐ側に身を寄せた彼女は、オーヴェたちのほうを眺めながら、さりげなく手を重ねてきた。

「あのおふたりは、仲良しですね」

そう言いながら、ノルテは重ねた手にわずかに力を込める。

「ああ、そのようだな」

俺はうなずきながらも、重ねられた手のほうへと意識が向く。

「あ、ちょっと」

それを見つけたオーヴェが、こちらへと声をかけてきた。

「あら」

ノルテは反応しながらも、俺の手を握ったままだ。

「急にいちゃつき始めてるじゃない」

オーヴェが言うと、ノルテは笑みを浮かべながら答えた。

「オーヴェさんはエストさんといちゃついているみたいですし、ちょうどいいかと」

「どこがいちゃついてるのよっ！」

それにはエストが噛みつくように反応した。

「そうね。わたしも、どうせいちゃつくならエストより……」

そこで一瞬止まったオーヴェが、言葉を続ける。

「ノルテのほうがいいわ」

オーヴェは立ち上がるとこちらへと来た。

「ほら、エストの相手はアーウェルがしてあげなさいな」

そう言って、俺をエストのほうへと向かわせようとするオーヴェ。

「あらあら」

ノルテはそれを楽しそうに眺めると、俺の手を離した。

そして隣へと来たオーヴェへと向き直った。

「これから一緒に暮らすのだし、仲良くしてくれるのは嬉しいです」

そう言って微笑むノルテに、オーヴェはとぼけたような顔をしてから、息を吐いた。

「まったく……かなわないわね」

動じないノルテの様子に、オーヴェは少し笑いながら答えた。

「ちょっとオーヴェ、あたしを放置するのはやめなさいっ。逃げるの？」

「はいはい、アーウェルに相手してもらいなさい」

俺はオーヴェに促されるように席を移動する。

まあ、たしかに俺はこれまで、三人それぞれとそれなりの時間は話してきたしな。今さら他人行儀なやり取りは必要ない。

だが、ノルテとオーヴェはどうだろう。もちろん御三家の令嬢同士として交流はしていただろうが、互いの立場もあって、一対一で気軽に話す時間というのはあまりなかったのではないか。

これから暮らすにあたって、親睦を深めておくのはいいことかもしれない。

俺はひとまず、エストのところへと向かった。

「アーウェル、なんとか言ってやってよ」

彼女はオーヴェのほうを見ながら言った。

「これからのためには、必要なんじゃないかな。エストもあとでノルテと話すといいよ」

「そうね。突っかかってくるオーヴェと違って、ノルテとはあまり話す機会がなかったし」

意外にも素直にうなずくエスト。

エストもまた、オーヴェが絡まなければ、明るく純真な女の子だ。

子供っぽいかもしれないが、実際に一番若いのだし、それもいいだろう。

「……いいのですか？　本当は――」

あちらでは、ノルテがオーヴェへと話しかけている。

「ええ、いいの」

オーヴェは遮るように答えると、ノルテへと目を向ける。

あまりふたりだけの話に、聞き耳を立てるのもよくないだろう。

俺は気分を切り替え、エストへと注意を向けるのだった。

●

そうして夜になると、エストが俺の部屋を訪れてきた。

俺は彼女を迎え入れて、ドアを閉める。

屋敷の中は安全、とはいえ、事件が起きた翌日なのに、ひとりで出歩いて怖くないのだろうか？

そう尋ねると、エストはきょとんとした様子で首をかしげた。

「アーウェルがいるなら安心でしょ？」

屈託なくそう言われ、俺は頬を緩めた。

その信頼に応えられるよう、ちゃんと彼女を守ろうと改めて思う。

「そうか」

令嬢としては素直すぎるし、警戒心のなさは心配ではあるものの、こうもまっすぐ頼りにされると嬉しくもある。

「まだ初日だけど、こっちでの生活はどうだ？」

「賑やかなのは悪くないよね」

エストはそう言うと、ベッドへと腰掛けた。

俺は側の椅子に座り、彼女のほうを向く。

ベッドに座りながらパタパタと脚を揺らすエスト。

落ち着きがないな……と思うところなのだろうが、彼女の服でそれをやると、布地の薄いスカートの中がチラチラと覗いてしまう。

そこへと目が惹かれそうになるのを堪えながら、視線を上へと向ける。

無防備すぎるエストとふたりきりというのは、不安かもしれない。

「ね、アーウェル」

「なんだ？」

変わらずベッドに腰掛けて脚を動かしながら、エストがこちらへと声をかけてくる。

「最初にオーヴェのところに行って、婚約者として過ごしたんでしょ？」

「ああ……」

俺は曖昧にうなずいた。

「オーヴェの後なのは気に入らないけどさ」

そう言って、ぴょんと跳ねるようにベッドから下りたエストが、こちらへと歩いてくる。

「もう先を越されちゃったなら、すぐにでも追いつかないとだし」

そう言って、彼女は座る俺の正面に立って、手を引いてきた。

俺はそれに従うように立ち上がる。

立ち上がって並ぶと、彼女が小柄なのがよくわかる。

そんなエストが上目遣いに俺を見ながら言った。

「オーヴェよりも、あたしが気持ち良くしてあげる」

少し顔を赤くしながらの言葉に、思わず見とれてしまう。

彼女は俺をベッドへと引っ張った。

素直に従ってベッドに上がると、俺のズボンへと手をかけてきた。

「脱がすわよ。えいっ……」

彼女は勢いよくズボンを脱がした。

エストの顔が股間のすぐ側にある。

「わっ、膨らんでる……この中にアーウェルの……」

至近距離で見つめられ、下着の中で肉棒へと血が流れていくのを感じる。

「あっ、なんか膨らみが大きく……」

彼女は興味津々といった様子で、パンツの膨らみを眺めていた。

そのシチュエーションも背徳的なエロさがあり、ますます俺を興奮させる。

「エスト……」

「な、なんか、すごいつっぱるみたいに……」

そのまま下着へと手をかけてくる。

「なんだか狭そうだし、脱がすよ。えいっ！」

エストは下着をためらいなく引きずり下ろした。

「きゃっ」

解放された肉棒が跳ね上がるように飛び出し、綺麗な顔に当たる。

「わわっ、これ……」

飛び出して揺れる肉竿を眺めるエスト。

「これがアーウェルのおちんちん……すごく大きくて……」

至近距離で、まじまじと肉棒を眺めてくる。

彼女のような、無邪気そうな女の子に肉竿を見つめられてしまうと、倒錯的なむずがゆさを感じさせる。

「こんなのが、本当に入るの……？」

エストは肉棒を見つめながら、小さく言った。

そしてこちらを見上げてくる。

可愛らしい顔のすぐ側にチンポがある光景はやばい。

そして上目遣いのエストが尋ねてくる。

「ね、これ、触ってもいい？」

「ああ、もちろん」

俺がうなずくと、彼女はおずおずと手を伸ばしてきた。

小さな手が、きゅっと肉棒をつかむ。

「うぉ……」

淡い気持ちよさに声が漏れる。

「わ、熱くて、硬ぃ……」

彼女はにぎにぎと肉竿を刺激してきた。

いや、刺激しようとしているわけではないのだろう。

不思議そうに俺のチンポを握り、そのかたちを確かめるように手を動かしていく。

その無邪気なさわり方が、いけない興奮を呼び起こしてきた。

狙ってのエロい愛撫というのももちろん気持ちがいいが、よくわかっていなそうな無垢さはとても背徳的だ。

「こんなのがついてるんだ……」

彼女は両手で肉竿を撫でるようにいじる。

細い指があちこちに触れ、淡い快感を送り込んできた。

「血管が浮き出てたり、くぼみがあったり……」

なでなでといじられ、もどかしい気持ちよさと背徳感が広がる。

エストの手が肉竿をいじり回していく。

「変なかたちなのに、すごくえっち……♥」

興味津々なエストが肉棒を好きにいじっていく。

無邪気な責めはいけない快感を広げさせ、欲望を刺激してくる。

「あぁ……」

思わず声が漏れると、エストがチンポをいじりながら上目遣いに見つめてきた。

「アーウェル、気持ち良くなってるの？」

「ああ」

「そうなんだ。ふふっ♪」

素直にうなずくと、得意げな笑みを浮かべ、さらに手を動かしてきた。

「こうして上下に擦ると、気持ちいいって聞いたわ。しーこ、しーこっ」

「おぅ……」

彼女はその小さな手で肉棒をしごいてくる。

単純な動きだが、それはそれで精一杯のご奉仕という感じがしてエロい。

「んっ……」

まじまじと肉棒を見つめながら、手コキを行っていくエスト。

赤く染まった頬に潤んだ瞳は妙に艶めかしい。

普段のイメージから、肉竿への愛撫もどこかいたずらめいたものを感じていたが、エストも立派な令嬢であり、婚約者としてここにいるのだ。

最低限の知識もあり、肉棒を気持ち良くさせようと手コキを行っている。

大人の女性として、子種汁を搾ろうとしているのだ。

「うっ……」

意識すると、射精欲がこみ上げてくる。

「エスト、そろそろ……」

「あ、そうね。あまりいじりすぎると、出ちゃうよね」

彼女は肉竿から手を離し、熱い視線を向けてきた。

「出すところも見たい気がするけど、男の人は一度出すとしばらくイけないって聞いたし」

エストは勃起竿を見つめて、もぞもぞと身体を動かした。

「だ、出すのは中じゃないとね……♥」

彼女自身も高まっているようで、色気を放っている。

「アーウェル、きて」

「ああ。エスト、四つん這いになってくれ」

俺はそう言って、彼女の後ろ側へと回った。

「んっ……こう？」

彼女は言われたままに四つん這いになり、丸いお尻をこちらへと向けた。

スカートが上がり、下着が見えてしまう。

先程、子供っぽく脚をばたつかせていたときも見えかけていた下着。

そのときもつい意識を奪われそうになったが、こうして四つん這いで見えると、より破壊力がある。

「この格好、かなり恥ずかしいね……んっ……♥」

エストはそう言いながら、小さくお尻を揺らした。

実際は恥ずかしさから落ち着かなく動いたのだろうが、俺にはそれが、早く挿れてほしいと誘っているように見える。

「エスト」

俺は呼びかけると、スカートの中へと手を忍ばせた。

「あっ、んっ……」

エストの大切な場所を守っている、小さな布。

その下着越しに、割れ目をなで上げた。

「ひぅっ♥」

彼女の身体がぴくんと反応する。

「アーウェルの指、んっ……」

そのまま軽く割れ目を往復させて、焦らすように愛撫を行っていく。

「んっ、あっ♥　だめぇっ……そこ、あぁっ……」

エストが可愛らしい声を漏らし、身体を動かす。

じわりと蜜がしみ出してきて、下着を濡らしていった。

俺はそんな彼女の下着をずらす。

「あぁっ……アーウェル、んっ……」

彼女のおまんこがあらわになる。

まだ何者も受け入れたことのない割れ目が、愛液で濡れていやらしくこちらを誘う。

俺は指先でその秘唇をいじり、準備を整えていった。

「あふっ、ん、あたしのアソコっ……アーウェルがいじって、ん、ああっ♥」

甘い声は恥じらいか快感か。

その声とあふれるフェロモンが俺の欲動を焚きつける。

「エスト、挿れるぞ」

俺はそう声をかけると、彼女の割れ目から手を離す。

「ん、うんっ……きてっ……！」

四つん這いの姿勢でエストが言った。

俺は猛る肉棒を、彼女の膣口へと進める。

「あっ、んっ……！　当たってるの、アーウェルの、ん……♥」

肉竿を膣口へとあてがい、慎重に腰を進めていく。

「ああっ！　あたしの中に、ん、はぁっ……」

亀頭が入り口を押し広げながら、奥を目ざす。

すぐに処女膜へとあたり、抵抗を受けた。

「いくぞ」

言って、腰を前へと進める。

「んっ、あっ、あああっ！」

みちり、と膜を裂いて、肉棒が膣洞へと吸い込まれる。

「あうっ！　ん、ああっ！」

狭い処女穴をこじ開けるようにして、肉棒が奥へと届く。

小柄な彼女はそこもキツく、みっちりと肉棒に押し広げられていった。

「あふっ、ん、あっ……！」

四つん這いのまま、挿入された肉棒に耐える。

力が入り、膣内がきゅと肉棒を締め付けた。

「んんっ、はぁ、あぁ……」

狭い膣内で肉棒を受け入れ、エストが少しかすれた声を漏らす。

俺は不慣れな処女穴に肉竿をなじませるように、じっとしていた。

「あたしの膣内っ、アーウェルのかたちに押し広げられて、ん、ふぅっ……！」

小さな身体で必死に肉棒を受け入れているエスト。

その健気さに浮かぶ慈しみの気持ちを、蠢く膣襞の気持ちよさが塗りつぶしていく。

「あぁ、ん、はぁっ……」

彼女が落ち着いたのを見計らい、腰を動かし始める。

キツい処女穴をゆっくりと往復していった。

「あふっ、アーウェルのが、ん、中を、んはぁっ」

狭いながら、だんだんと肉竿になじんでくる膣内。

「んっ、あふっ、ああっ……！」

四つん這いのお尻を揺らしながら、エストが色っぽい声を漏らした。

普段は明るく元気……ちょっと子供っぽさも感じさせるエストの、女の声。

それは俺の欲望をくすぐり、処女穴をさらに押し広げる。

「んぁっ、中で、あっ、太く、んぅっ……♥」

そう言う彼女の膣内は、肉棒をしっかりと咥え込んで締め付けている。

腰を往復させると、膣襞が肉竿をしっかりとしごき上げてくる。

「ああっ、ん、はぁっ♥」

肉棒に慣れてきた膣内は、さらに蠢いて快感を送り込んでくる。

俺は徐々にペースをあげて、腰を振っていった。

「んぁ、はぁ、ああっ！」

エストの嬌声を聞きながらピストンを続けた。

彼女の丸いお尻が揺れ、接合部から愛液があふれてくる。

膣襞が蠕動し、肉棒をますます擦り上げてきた。

その快感に浸り、腰振りに力が入っていく。

「んぁ、ああっ……太いのが、膣内、いっぱい擦って、ん、ああっ♥」

「うっ……エスト……」

キツキツな処女穴の気持ちよさに、限界が近づいてくる。

「んぁ、ああっ、アーウェル、あたし、ん、ふぅっ♥」

彼女のほうも快感をおぼえているようで、その膣内がうねり、肉竿を締めつける。

精液がこみ上げてくるのを感じて、俺はそのまま彼女の膣奥を突いていった。

「ああっ、ん、はぁっ、なんか、きちゃうっ♥　ん、はぁっ！」

「ぐっ、もう出そうだ」

「んはぁ♥　あっ、気持ち良くて、ん、はぁっ、アーウェルも、ん、あっあっ♥」

嬌声で言葉を途切れさせながら感じていくエスト。

四つん這いで身体を揺らす彼女を眺めながら、射精に向けてピストンを続けていく。

「ああっ、すごいの、ん、あっあっあっ♥　んぅ、あうぅっ！」

「うっ、出すぞ！」

どびゅっ、びゅるるるるるっ！

執事として仕えてきたお嬢様。その彼女の汚れなき膣内に、俺は思いきり射精した。

「んはぁぁっ♥　あっ、んぅ、ああぁぁぁぁっ♥」

中出しを受けて、エストもガクガクと身体を揺らしながら絶頂を迎えた。

膣内が肉竿を締めつけ、精液を搾りとってくる。

その気持ちよさに身を委ねながら、彼女の中にどくどくと注いでいく。

「あぁ……お腹の中、熱いのでいっぱい、ん、はぁ……♥」

中出しを受けて絶頂した彼女は、快感の余韻に浸るように力を抜いていく。

俺は射精を終えた肉棒を引き抜き、そんな彼女を支えるようにしながらベッドへと寝かせるのだった。

第三章　三人との新生活

ユークス家を名乗る犯人が実際に行動を起こし、ローム家の令嬢が殺されたことで、貴族たちの一部はかなり慌てているらしい。

実際に自分たちも狙われうるというのもそうだが、貴族階級の権威が揺らぎかねないという部分を気にしている者も多いようだ。

貴族の屋敷に潜入しての殺害。

地位はあっても、貴族だって絶対的な存在ではないということを突きつけられてしまった。

当然と言えば当然ではあるのだが、日頃から権力者として生き、貴族同士だけで関わり合っていると忘れがちなことではある。

ただ、そのような動揺は、三大貴族クラスとなるとほぼ無関係のようだった。

警備についてはより厳重に、という変化はあるものの、そこさえしっかりといしていれば、何が揺らぐわけでもないというのがわかっているからだ。この国では、三家の力は絶対だった。

だからこそ、上に立つ者としてふさわしい冷静さを示せる。

余裕ある立場だからこそできることだろう。

いずれにせよ、周囲への警戒はしつつも、当主たちが注力しているのは、娘たちの結婚相手がどうなるのかということだった。

他人事のように言っているが、つまるところ令嬢三人と暮らす、俺のことだ。

俺の能力で、すでに内部には裏切り者がいないとわかっている。そのぶん安心して、外部は十分に警戒しているため、屋敷内で暮らす俺たちが事件に巻き込まれる心配もなかった。

そんなわけで、貴族界を賑わせている事件をさほど意識することなく、平和な日々を過ごしていた。

結婚するかどうかを決めるならば、お互いをもっと知るのは大切だ。

それには対話が一番だということで、基本的には多くの時間を、談話室で全員そろって過ごすことになっていた。

もちろん、終始四人で何かをするというわけではない。

それぞれが思い思いに過ごす場所を、談話室に決めているという感じだ。

今はオーヴェとエストがチェスをしており、ノルテはゆったりとそれを眺めていた。

俺は軽く本を読みながら、そんな彼女たちと過ごしている。

ちらりと目を向けると、チェスはどうやらオーヴェのほうが優勢みたいだ。

「むー……」

エストは盤面をにらむようにしながら、考え込んでいる。

オーヴェも同様に、真剣な顔で盤面を見ていた。

印象としてのエストは、いつもオーヴェにあしらわれている側のような気がするが、絡み方が子供っぽいだけで、本来のエストはかなり優秀だ。

いろいろとオーヴェに負け越している……のは事実なのだろうけれど、惜しいところまでいっているケースも多い。

だからこそ、なおさら悔しいのだろう。

「一緒に暮らすようになると、対戦回数が増えそうだな」

ぼんやりしながらそう言うと、オーヴェがうなずいた。

「そうね。正直、エストと今更交流するより、ノルテやアーウェルと過ごすほうが目的に沿っている気はするのだけれど」

そう言いながら、エストのほうを見るオーヴェ。

「そんなこと言って、逃げようとしても無駄なんだから」

エストが答えると、オーヴェはこちらを見て呆れたように「ね？　こんな感じだから」と言った。

「困るわね」

しかし言葉とは裏腹に、その声からはまんざらでもない、というのがわかる。いやまあ、つっこんだら反論されそうだけど。

「今、失礼なことを考えたわね？」

こちらの考えを読んだように、オーヴェが嫌そうな声を出した。

「いや、そうでもない」

仲良きことは美しきかな。

「私では、ふたりの相手は出来そうにないですね」

盤面を見ながらノルテが言った。

「よくわからないので、多分ですけど」

「ノルテは、そんなにチェスはしないのか？」

尋ねると、彼女はうなずいた。

「コマの動かし方くらいは知ってますが、そのくらいですね」

チェスは戦場での指揮を遊戯化したものなので、貴族の間では男性が遊ぶことが多い娯楽だ。庶民の間にも広まっていて、そちらは老若男女が楽しんでいる。

勝負事が好きなふたりにとっては、わかりやすく勝敗がつくので気に入られているのだろうけれど。

他の令嬢は、むしろそうして明確に優劣がつくのを避ける傾向がありそうだな。

まあ、俺が主に接している令嬢はこの三人なので、他の令嬢については少ない接点と噂話でしか知らないのだが。

「あっ！」

オーヴェがコマを動かし、エストが声をあげる。

「ぐぬぬっ……！」

エストがうなりながら、盤面をにらみつける。

俺が見ても、ここからどう終わるのかまではわからないが、おそらく今の一手でかなりオーヴェの勝ちが近づいたのだろう。

　オーヴェはそこでかなり力を抜いたようで、こちらへと意識を移した。

「チェスはともかく、ノルテやアーウェルと遊べるものがあるとよさそうね。全員よく知らないもので、新しく……」

「なんであっても、すぐにオーヴェとエストが競いだして、ふたりだけが上手くなりそうな気がするけどな」

　俺が言うと、オーヴェは一瞬だけ考えるような顔をした後、苦々しげにうなずいた。

「そうね。負けず嫌いだから」

「それはそれで、お互いを知るって点ではいいかもしれないが」

　そんな話をしている間、エストはじっと盤面を見ていたが、敗北を悟ったようだった。

「むー。降参」

　そして不満げに口にしたのだった。

「次はあたしが勝つんだから」

「はいはい」

　オーヴェは雑に答えた。

　こうして四人で過ごす、ゆるゆるな時間というのも悪くないな。

そんなふうに昼間は四人で過ごし、夜はふたりきりの時間を持つことが多い。

今日はノルテが俺の部屋を訪れてきたのだった。

「新しい屋敷での暮らしはどうですか、アーウェルさん」

テーブルに向き合って座ると、そう尋ねてきた。

「賑やかでいいな」

俺が言うと、彼女もうなずいた。

「そうですよね。私もすごく楽しいです」

笑みを浮かべるノルテ。

楽しそうでなによりだ。

オーヴェとエストは元々、競い合いながらも接点が多く、なんだかんだと仲がよかった。

だから一緒に暮らすことになっても、まあ問題はないだろうと思っていた。

特にエストは人当たりもよく、人見知りするタイプじゃないしな。

対してノルテは、物腰が柔らかく相手からは好印象を持たれるが、自身はどちらかというと人見知りなタイプだ。

男性相手だとそれが顕著で、俺を練習相手にしていたくらいだしな。

今回の同居は女の子が多いからいいが、普段はエストたちのように人といることを得意とするほうではない。

そんな彼女が楽しく過ごせているというのはいいことだ。

俺もそこまで人付き合いが得意なタイプではないが、こっちはそれぞれと一対一で過ごして慣れた後だしな。

付き合いの年数で言えば、御三家の令嬢同士である彼女たちのほうが長いが、その立場もあってそう頻繁に会っていたわけではない。

それに令嬢同士の立場を踏まえたやりとりと、一緒に暮らすのはまったく違うだろう。

「一応、三人の中から選ぶってことになってるんですよね」

「ああ」

しかしこれも微妙なところで、言われ方や空気感的には、ひとりだけを選ぶのが必須でもない……という感じなんだよな。

相手は御三家貴族の令嬢。俺のほうから「三人とも嫁にする！　ハーレム生活だ」と言えるような立場ではないのだが……。

本当にひとりだけを選ばせるという話なら、お見合いとして接する時間を増やしはしても、こうして一緒に暮らすとはならないだろう。なによりも彼女たちが積極的すぎて、もうお見合いどころの関係ではないのだし……。

御三家のご令嬢ということで、俺以外にだっていくらでも相手はいる。とはいえ、生娘のほうが婚姻に便利なのは確かなはずだ。

それを投げうって身体の相性まで踏まえたうえでの婚約者選び、というのは特殊とも言える。

俺の能力を血として取り込みたいという思惑もあるのだろう。そうなればパワーバランスにも影響を与えるわけで、今の安定を好んでいる様子の公爵たちからすると、やはり三家で俺の血を分け合うというのが一番の解決策ということになる。

「私は、いいと思いますよ」

ノルテは笑みを浮かべて言った。

「このまま四人で暮らして、ハーレム生活を楽しみましょう♪」

三大貴族を相手にとんでもないことだという気はするものの、それが俺にとっても理想的ではある。美女三人から迫られる幸せな暮らしなんて、夢でしかない。

それに実際に、この三人から選べと言われてもなかなか難しいものだ。

しかも、その相手であるノルテまでハーレム暮らしを進めてくるとなれば、障害はほぼないに等しい。

彼女たち同士の仲がいいなら、暮らしも上手くいくだろうしな。

魅力的なお誘いに、もうそれが一番いいんじゃないかという気がしてくる。

身に余ることではあるが、当の彼女たちや公爵がいいなら本質的には問題がない気もするしな。

「とりあえず今日は、私と、ね？」

そう言ってこちらを見つめるノルテ。

その色気、艶っぽさに見とれてしまう。

そして俺たちはベッドへと向かったのだった。

「アーウェルさん」

彼女はベッドへと寝転がると、俺の手を引いてくる。

俺はそれに従うように、彼女に覆い被さった。

「んっ……」

そしてキスをしながら、その爆乳へと手を伸ばしていった。

「あんっ……」

柔らかな膨らみが俺の手を受け止めてかたちを変える。

唇を離し、至近距離で見つめながら、その爆乳を揉んでいった。

「あふっ、ん、アーウェルさん、んんっ」

彼女は可愛らしい声を出しながら、俺の手を受け入れている。

極上の柔らかさを堪能しながら、彼女の胸元をはだけさせていった。

「おお……」

たぷんっと揺れながら現れるおっぱいは、やはり大ボリュームだ。

仰向けでも存在感を失わないその双丘を直接揉んでいく。

柔らかさを堪能していると、ノルテが手を下へと動かしていった。

「アーウェルさんも、んっ……」

「うぉ……」

不意に股間へと刺激が走り、一瞬、爆乳を揉む手を止める。

ノルテはズボン越しに俺の肉竿をつかみ、軽くしごくように動いた。

俺が再び胸を揉んでいくと、彼女も手を動かしてくる。

「あっ、おちんちん、大きくなってきてますね……♥」

彼女の手にこすられ、肉竿が膨らんでいく。

「ズボンの中で、苦しそうな大きさになってます」

ノルテは嬉しそうに言うと、勃起竿をに握りなおし、さらに愛撫を行ってきた。

ズボン越しのややもどかしい刺激が襲いかかる。

「ノルテ」

「ふふっ……」

妖艶な笑みを浮かべた彼女は、俺のズボンへと手をかけ、そのままずらしていく。

そして下着の中へと手を忍び込ませてきた。

彼女の手が、肉棒に直接触れる。

狭い下着の中で、細い指が肉竿をゆっくりとしごいてきた。

「アーウェルさんの大きなおちんぽ……下着の中で窮屈そうなのも、なんだかすごくえっちですね……♥」

そう言いながら、淫らに手を動かしていく。

彼女の指がカリ裏の辺りを責めてくると、もどかしい気持ちよさに、欲望は膨れ上がる一方だ。

「ノルテ、姿勢を変えるぞ」

言って、俺はその爆乳から手を離すと、軽く身を起こした。

彼女の手が肉竿をから離れる。

俺は、残るノルテの服を脱がせていった。

「あっ、アーウェルさん、んっ……」

少し恥ずかしそうにしつつも、それを受け入れるノルテ。

俺はそのまま、彼女を生まれたままの姿にしていった。

そして俺自身も服を脱ぎ捨てる。

「あぁ……逞しいおちんぽ……そんなにそそり勃って……♥」

肉棒を見上げながら、うっとりと呟く。

「アーウェルさんのそれ、私のアソコで、いっぱい気持ち良くなってください」

そう言って、小さく脚を広げていくノルテ。

恥ずかしがりながら、やや控えめに脚を開かされるエロさと、令嬢らしからぬ大胆さに劣情がかき立てられる。

脚を広げることで、その付け根にある、女の子の秘めたる場所が丸見えになった。

そこもすでに薄く花開き、愛液を垂らしている。

そのドスケベな姿には、オスの本能が挿入を急かしてくる。

俺はその欲望に従い、彼女の脚首をつかんだ。

「あっ……♥」

そして大きく開かせる。

「んっ……」

がばりと脚を開き、おまんこがさらに無防備になる。

肉竿を待ちわびているかのような、その濡れた膣口。

俺は彼女の脚を持ち上げるようにし、はしたないほど開かせながら、猛る剛直をその入り口へとあてがった。

「あふっ、アーウェルさん、ん、ああっ♥」

そしてそのまま、彼女の中へと侵入する。

肉棒が膣内を押し広げて進んでいく。

濡れた膣道が肉棒をスムーズに迎え入れ、きゅっと締めつけてきた。

俺はその気持ちよさを感じながら、腰を動かし始める。

「んはぁっ、ああっ……太いのが、私の中で、ん、ああっ……♥」

「うっ、ノルテ……」

締めつけてくる膣内の気持ちよさを感じながら、俺は腰を動かし始めた。

膣襞を擦りながら、往復していく。

前回は俺の上に跨がり、騎乗位で積極的に腰を振っていた彼女を組み敷いて抽送を行う。

「んはぁっ、あっ、ん、あふっ」

初めてとは違い、膣内はすぐに肉棒を認めて快感をむさぼるように蠢いた。

「ああっ♥　ん、アーウェルさん、んはぁっ！」

ノルテが嬌声をあげて、身体を揺らす。

足を上げて、おまんこを差し出すエロい格好。

突き出されたそこへぐっと腰を沈めて往復していく。

「んぁっ、あぅっ♥」

嬌声とともに肉竿を締め付ける膣内。

俺は欲望のままピストンを続けた。

膣襞がうねり、肉棒を刺激する。

次々と愛液をあふれさせながら絡みつくその気持ちよさに、腰振りにも力が入っていった。

「ああっ、ん、はぁっ！」

嬌声をあげながら、身体を揺らすノルテ。

その爆乳も、ピストンの揺れに合わせて震える。

さらにぐっと脚を上げると、爆乳がむにゅっとかたちを変えた。

「んあっ♥　あっ、あふぅっ……！」

おまんこを突き出して感じるノルテ。

美しくエロいその姿に、昂ぶりながら腰を振る。

「ノルテ、すごく可愛いよ」

そう言うと、おまんこがきゅっと反応した。

「んはぁ、あっ、アーウェルさん、そんな、ん、ああっ♥」

彼女は喘ぎながら、発情顔で俺を見上げる。

その表情を眺めながら、俺はピストンを続けた。

「あふっ、ん、んあっ……♥」

彼女の声が大きくなり、感じているのが伝わってくる。

俺はそのままペースを保ち、抽送を行っていく。

膣襞をかき分け、膣内をかき回していく。

「んはぁっ、あっ、んぅっ、イクッ、あっ、んあぁっ……♥」

快感に嬌声をあげていくノルテ。

うねる膣襞に肉棒をしごき上げられ、俺のほうも限界が近い。

「あふ、ん、アーウェルさん、あっあっあっ♥ ん、はぁっ！」

快楽に乱れるノルテの姿はエロく、さらなる気持ちよさを求めようと腰を突き出してくる。

「イクッ♥ ん、あっ、んうぅっ！」

そんな彼女を、欲望に任せて突いていった。

「あぅっ♥ んぉ、あふっ、イキますっ、んあぁ、あっあっ♥」

「俺も、もう出すぞ」

「はい、んぁ、出してください、あっ♥ 私の中に、あっ♥ アーウェルさんの、子種っ♥ うぁ、あんっ♥」

ラストスパートで腰を振っていく。

美女の体を抱きしめ、その極上の膣襞を擦り上げる快感で、俺も上り詰めていった。

「あぁっ♥　イクッ！　ん、はぁ、アーウェルさん、ん、一緒に、あっあっあっ♥　イクッ、んぁ、イクウゥウゥウゥッ！」

「う、あぁ……！」

びゅくっ、びゅくびゅくんっ！

彼女が絶頂するのに合わせて、俺も射精した。

「んあぁぁっ♥　中に、ん、熱いのが、いっぱい、んぅっ……♥」

中出しを受け止め、ノルテが甘い声を漏らす。

俺が肉棒を引き抜くと、彼女は力尽きるように脚を下ろした。

「はぁ……ん、ふぅっ……」

色っぽく呼吸を整えていくノルテ。

その横に転がり、彼女を眺める。

呼吸のたびに上下する爆乳も艶めかしく、いい光景だった。

●

ユークス家を名乗る人間の犯行は続き、次の被害者が出てしまった。

貴族たちは警戒を強め、全体としては空気がピリついているようだ。

しかし、俺の能力でチェックできることもあり、三大貴族や俺たちが暮らす屋敷の中は、かなり緩い空気が保たれている。

反面、能力の重要性が改めて確認されたことで、その争奪戦というか、血を入れるための子作りについてはさらに加熱していくのだった。

俺としては、美女三人に迫られる幸せなハーレム生活だ。

また、他の貴族たちからも俺の能力を欲する声が上がっているらしいが、さすがに全ての家と懇意になってあちこち回るというわけにはいかない。

俺はひとりしかいないから限界もあるし、そもそも執事としての本来は一つの家に仕えるものであり、今の三家の仕えているのが特別なのだ。

これ以上増やすのは難しい。

それもあって、三大貴族ががっちりと俺をガードしてもいるため、他の貴族は手出しができないのだった。

オーヴェたちといちゃいちゃ暮らす俺としてはあちこちに引っ張られず助かるところだが、なかなか強硬手段とも言えるかもしれない。

そうして三大貴族である公爵たちが用意した屋敷で、世間の騒ぎをよそにオーヴェたちと過ごしていた俺だったが、一つだけ断れない、安全確保の依頼があった。

その相手は国王だ。さすがの公爵たちも王の顔は立てなければということで、城に顔を出すことになった。

表向きは、セプテント家やオリエー家の令嬢が使用人を伴って城に行くだけ。

俺はお嬢様たちの使用人として赴き、そのついでに城の安全を確認する、というわけだ。

回りくどくはあるが、いろいろな方面に配慮し、バランスをとるとそうなるのだろう。

三大貴族家以外からも、俺への依頼は増えているが、公爵たちがそれを止めているらしい。

国王だけが特別……なのは当然としても、周囲に気遣う必要はある。

そんなわけで、俺はオーヴェたち三人とともに、城へと向かうことになった。

迎えの馬車で城へと向かう。

「城となると、さすがに使用人も多いだろうな」

「そうね。数日がかりの作業で大変だと思うけれど……」

一応、それなり以上の強い悪意や害意であれば、一人一人と対面せずとも把握は出来る。

それこそ今起こっているような、貴族への復讐と思わしき殺人犯であれば、対峙せずともその気配は伝わってくる。

が、そこはやはり安心感だとかなんとかで、より詳細に対面して探っていく、ということになっているのだった。

まあ面倒ではあるが、貴族らしい真っ当な仕事よりは、俺にとって楽でもあるので、そのくらいはするという感じだ。

この先三大貴族の令嬢である彼女たちと過ごしていくならば、俺はその貴族界に回収されるわけで、当然王様との関係も重要になってくる。

ちょっと楽をするためだけに機嫌を損ねるより、大人しく使用人たちと顔を合わせ、信用を得ておくほうが容易い。

「実際、どんなんだろうね。お城に怪しい人とかいなそうじゃない？」

エストは首をかしげながら言った。

「そうですね。正直なところ、城に紛れ込むっていうのはかなり難しいことだと思います」

「どうしたって身元を探られるしね」

上位貴族や城に仕えている使用人は、基本的には貴族の子女だ。

跡継ぎではない貴族の子供が、より上位の貴族に仕えている。

貴族界のことは貴族のほうがわかるし、主人が望むことも察しやすい。

そうした、身元のはっきりした、能力もある人間を十分に確保できるため、わざわざよくわからない人間を雇うということはまずしない。

無論、例外的にずば抜けて優秀であるとか、何かしらの箔になるような人物なら別だが、一般的には貴族のほうが教養もあるしな。

実家に甘やかされて育った、使い物にならないぼんくらというのもいるが、どちらかというと幼い頃から上位貴族に仕える未来が見えているため、しっかりと教育されて、優れている人物のほうが多い。

庶民である俺からすると、それは大変そうだなと思うものだが、貴族の家に生まれた子からすれば普通のことでもあるのだろう。

貴族は家を継ぐならば領地経営、継がないならば上位貴族の使用人、と仕事がちゃんとあり、生活に困ることはないという点で恵まれている。だが、それはそれなりの努力をして能力を育てることが前提にもなっている。

ぼんやりと遊んで暮らせるというばかりではないのだ。

まあ、それでも来年を生き延びることができるか定かでないような庶民からすれば、十分にうらやましいことではある。

「実際どんなんだろうな」

「犯人のいる場所？」

「ああ」

王都にいるのは間違いない。ターゲットの家に潜り込んで、仕えて殺すというのがもっともありえそうだが、その可能性はもうないな。

一件だけならあり得たが、二件目が起こった今となっては、むしろ犯行の場となった家に犯人はいなかったのだろう。

最初の事件後、被害者となったローム家に使えていた人間はかなり調べられたと聞くし。

そこからまた、次の事件を起こすのは不可能に近い。

「でも、貴族の屋敷に忍び込んで犯行を行うのって、少なくとも、まるで貴族と縁がない状況からだと難しいわよね」

オーヴェが考えるようにしながら言う。

「ああ、やっぱりそういうものか。これが地方領主ならもう少し違う気もするが」

王都に暮らす貴族というのは、地方の土地を治める領主たちとは違い、そこに暮らす人々と接する機会はまずない。

同じ立場の貴族同士だけで交流することがほとんどだ。

被害者は令嬢だった。接点がなければ、顔すら知らないだろう。

貴族たちの家族の情報が庶民に流れることはあまりない。

もちろん下位貴族であれば、使用人が平民であることもあるので、まったく情報が流れないということではないのだろうが……。

だからこそ、雇い入れるのなるべく信用できる人間にするだろうし。

結局は、この王都の貴族界にはすでに入り込んでいると考えるのが現実的なのだろう。

「あるいは本当に旧家の人間であるなら、その頃の使用人で忠誠心の残っている人間が今も協力しているとか……」

しかしそれもまた、真っ先に疑われて調べられているだろう。

犯人は、自分の家名を名乗っているのだから。

「やはりそういう意味では、城の使用人から今回の事件に繋がる何かを見つけるのは難しそうだな」

まあ、王様としては城が安全だとわかればいいというところなのだろう。

犯人の確保は重要だが、何より一番大事なのは自身の安全だ。

それはどこの貴族も概《おおむ》ね同じだろう。

あるいは貴族でなくても、か。


城に着き、使用人たちを見ることになった。

用意された部屋に数人ずつ来てもらい、軽く話をする、というものだ。

長年仕える使用人たちだ。疑われて良い気がしないというのはわかる。それでも、自分以外の悪意も確認されることで、安全が確保できるならいいと思う者もいるだろう。

とはいえ、俺の能力自体は、ハッキリとは伝えていない。

だから顔を合わせた中にも、不機嫌さを隠さない者はそれなりにいた。

それでもさすがは王城の使用人たちということなのか、厄介に思ってはいても、表にはまるで不満を出さない人間のほうが多かった。

このあたり、オキデンス家などもそうだが、上位の貴族に使える人間はすごいものだ。

だからこそ貴族同士というのは、腹の探り合いが難しくなるのだろうが。

ともあれ。

俺は順々に使用人たちと顔を合わせて、彼らの様子を探っていく。

元より、仮に犯人が城に紛れていたとしても、せいぜい数名だろう。

ほとんどの使用人は潔白なのだ。

俺が顔を合わせていく人々も、当然、無反応ばかり。

城に仕えているということ自体が名誉なことでもあるし、大半は仕事に前向きな姿勢を持っている人々だった。

王に悪意を持っている人間というのはまずいないようだ。

まあこの結果は、普段の仕事でも同じだ。三大貴族家の使用人たちも忠誠度が高い。

だからこそ、ごく稀にある万が一を防げる、というのが俺の能力が高く評価されている理由であるのだろう。

そうして何時間もかけて、ひとまずは誰ひとりとして問題がないまま、一日目の確認が終わった。

城にずっといるというのも息が詰まるので、一区切りがつき、日が暮れたあたりで俺たちは馬車に乗って屋敷へと戻る。

そしてまた明日は、他の使用人たちと顔を合わせることになるのだ。

●

今日も城の個室で、使用人と対面していく。

なにもないのが当然なため、ほとんどは軽く話をして終わりだ。

とはいえ、城に勤める人間は多く、数人ずつ部屋に呼んで顔を合わせるのは、やはりかなりの時間がかかる。

そうして数日がかりで顔を合わせている中、ひとりだけ少し引っかかる人間がいた。

三人で入ってきた中のひとり。

話によると、彼は騎士の武具を管理する役職のひとりらしい。

俺の察知能力に引っかかったため、さらに意識して彼の中の悪意や害意を探っていく。

ただ、その害意は、どう考えても貴族界を賑わせる殺人犯というには弱すぎた。

黒幕や実行犯ではありえないのはもちろん、協力者としてもかなり薄いくらいだ。

おそらく、今調べている件とは別の問題なのだろう。

俺はその報告を執事にして、彼を調べてもらうことにした。

能力でわかるのは害意や悪意であって、詳細ではない。

襲いかかってくる段になればそれはわかるが、細々と続けているような小さな悪事については分からない。

何かしていることや、その規模感までは予想できるが、詳しい部分や証拠を即座に手に入れられるわけではないのだ。

圧倒的なアドバンテージではあるが、そこまで万能というわけではない能力だった。

ただ、貴族たちの需要とは、とても相性がいい能力だ。

腹芸と謀《はか》り合いの日々。

貴族である限り、周囲への疑心暗鬼は常にある。

その人間に何かがあるとさえわかっていれば、調べるのもぐっと簡単になる。

庶民ではなく貴族の力があれば、調べる際に選べる手段も多い。

人海戦術もそうだし、有益な情報を持っている相手への接触もそうだ。

貴族にとって俺の能力が有用であるように、俺にとってもまた、貴族のように力のある人間といて初めて輝く才能なのだった。

●

「そういえば」

俺たちが暮らす屋敷の、いつもの談話室。

オーヴェがそう切り出して、メイドへと合図を送った。

メイドはこちらのテーブルへと箱を持ってくる。

「オキデンスの領地からもって来させたの。アーウェルもそろそろ正式に貴族になるだろうし、それらしい持ち物もある程度は必要だと思ってね」

メイドは箱を開けて、こちらへと向けた。

中に入っていたのは、懐中時計だ。

装飾がされており、派手になりすぎない程度に宝石があしらわれている。

「オキデンスの領地は、宝石や鉱石が売りだしね」

「おお……すごいな……」

執事として三大貴族に重宝されていたとはいえ、元は庶民。

貴族が持つような装飾品などは、金銭的というよりも資格の面で縁がなかった。

貴族は基本的に商人を呼んで取引するため、彼ら用の高級品が店に並ぶということはない。

こういった、宝石や装飾のある時計というものもそうだ。

単純な価格としてももちろん、庶民には手が出ないのだが、背伸びして買う、というようなことも出来ない代物だ。

「ちょっと！」

それを見たエストが声をあげる。

「なに？」

オーヴェが面倒そうにエストのほうを見た。

「物で釣るのはずるくない!?」

一応、今の俺は、それぞれの貴族から「娘と結婚しないか？」と言われている立場である。

この同棲も、花嫁を選ぶためだ。

ノルテなどは「三人とも選んじゃえば即解決ですよ」などとそそのかしてくるものの、俺の立場からそれを言い出すのは難しい話。

そしてエストは、オーヴェと事あるごとに競う仲であり、この話が持ち上がったときも「あたしを一番に選びなさい」と言ってきたくらいだ。

それだけでオーヴェを選ぶということはないが、本来なら手に入らないような懐中時計を贈られて、悪い気がするはずもないのだった。

「別に釣ろうというのではなくて、わたしの隣に立つにふさわしい装いをしてもらおうと思っただけなのだけど？」

涼しげな顔で言うオーヴェだが、エストの反応を楽しんでいるようでもあった。

「仮に品物で釣っているとして……自身の強み、我が家の領地のよさを知ってもらう贈り物って、むしろ正当じゃない？」

「むむむっ……！」

オーヴェの反論に、エストはうなった。

三大貴族の当主たちは王都に集まっているが、本来の領地はそれぞれの地方にある。

元は各地方で力を持っていた存在が、その影響力から王都で直接的に政治にも参加している、というかたちだ。

オーヴェのオキデンス領は西部にあり、鉱山などの資源が豊富だった。

宝石や金属類で国を支え、存在感を増していった家だ。

そのため、武器以外にも、こういった装飾品などにも強い。

だからオキデンス家の力として、オーヴェが時計を贈ってくれるというのは確かに妥当ではある。

いや、俺にとっては妥当ではないのだが。

本来なら、手に触れる機会すらない一級品だしな。

「あ、あたしも何か……」

オーヴェに対抗しようと、エストが頭を悩ませる。

「いや、贈り物で対抗するのはやめにしないか？」

エスカレートしていくと、すごいことになりかねない。

それぞれの地域の名産や自慢で屋敷が埋まりそうだ。

「なんでよっ。このままオーヴェに勝たせておけっていうの？」

「いや、そもそもこれは勝負じゃないだろ」

「そうよ。わたしの夫に、ふさわしい装いをしてもらうだけだもの」

エストの悔しがる様子に対して、オーヴェはノリノリで言った。

「むぅっ……！」

こうなると、もはや俺は置いてけぼりである。

どうしたものか、とノルテのほうへと目を移した。

「これは、私も乗っておくところでしょうか？」

涼しげに笑みを浮かべながら言うノルテ。

「いや、やめてくれ……」

余計にややこしいことになる。

「ふふっ、そうですよね」

俺の反応をわかっていたノルテは、小さく笑うと隣へと来た。

「それにしても、本当にすごいですね」

時計を眺めて言うノルテ。

「ああ」

俺は素直にうなずく。

貴族向けで宝石があしらわれているというと派手すぎるものを想像するが、むやみに高価で大きな宝石を使うのではなく、あくまでデザインに合わせて使われている。

そもそもが高価だということに間違いはないが、おそらく宝石そのものは、貴族が持つにしては小さく、そう高くないほうに属するのだろう。

無論、それは貴族基準であり、俺からすれば十分すぎるほど高価なのだろうが。

「ちょっと！」

エストは自分のオリエー家から来たメイドを呼んで、作戦会議を始めようとする。

贈り物合戦はやめてくれ、という俺の話は、もちろん響いていないようだった。

エストのオリエー領は、海に面した土地だ。

そのため、海運や漁業に強く、かつては海の向こうから侵略者が来るのを食い止めていたところから力を増していった。

オキデンス家の宝石ほど直接に貴族的なものではないだろうが、国外から珍しい品を取り寄せる、とかはしてきそうだ。

実際、お茶などは以前から海外産の珍しい物を持たせてくれることもあったしな。

「そう考えると、私のところはあまり、贈り物には向いてませんね」

ノルテのセプテント家は北部にあり、豊かな自然を活かした農業全般や酪農に強い土地である。

食に強いことから、城や貴族の屋敷でもセプテント領出身の料理人は多い。

「食は大事だけどな」

「とはいえ、食品は輸送するよりも、やっぱり現地が一番ですからね」

ノルテは少し考えるようにした後、俺に身を寄せてきた。

「贈り物が出来ない分、私が精いっぱいご奉仕させていただきますね♪」

そう言って俺を見つめるノルテ。

誘うような目つきと、前のめりになって無防備になった胸元。

いや、無防備なのではなく、意識的なものだろうか。

彼女の爆乳がたゆんっと揺れ、魅惑の谷間を見せつけてくる。

「そこ！」

それを見たオーヴェが、こちらへとにらみをきかせた。

「急にふたりで雰囲気を作らないでもらえるかしら？」

「あらあら」

ノルテはニコニコとしながら、すっと身を引いた。

一安心と同時に、爆乳がのぞけなくなったことにちょっと惜しい感じがしてしまうのは、男の性だろう。

「本当にもらっていいのか？」

俺が聞くと、オーヴェがうなずいた。

「アーウェルに合わせて作らせたものだしね。エストは勝手に勝負にしようとしているけれど、誰の結婚相手になるにしたって、持っていていいものだと思うわ」

「ありがとう」

実際、公爵令嬢の隣に立つっていうのは、そういうことなのかもしれないな。

使用人の立場でももちろん、主の名誉のためにも、みすぼらしい格好をしているわけにはいかない。

しかし貴族となれば、貴族同士の装いとか見栄とか、そういうものがより顕著に表れてくる。

「あ、なんか勝手に終わろうとしてるっ！」

「どのみち、今日は何もできないでしょうよ」

単に贈り物ということだけであれば、屋敷にある物ならばどれでも、庶民にとってはものすごい品ばかりだ。

それであっても、俺のためにわざわざ作らせたという時計と勝負するのは難しいだろう。

「むぅっ……覚えてなさいよ」

「そうね」

オーヴェは肩をすくめながら言った。

「……本当に勝負のつもりはなかったのだけれど、ちょっと遊び過ぎちゃったわね」

エストの様子を見たオーヴェが、こちらに小声で言った。

「ま、でもエストのおかげで、なんだかいつも通りというか、軽い感じになったのはよかったわね」

「ああ……」

本来、何気なく贈られて素直に受け取れるような代物ではないからな。

そもそも宝石のついた装飾品を贈られること自体、初めてな気もする。当たり前と言えば当たり前か。

ちなみに、時計を贈るというのは一部で「あなたとともに時間を重ねたい」という意味合いがあるとかないとか。

「そういうのは」

俺の様子から考えを悟ったのか、オーヴェが素早く釘をさしてきた。

「この場で口にしないほうが身のためよ？」

そう言った彼女の顔が少し赤かった気がするのも、胸にとどめておこう、と思った。

●

事件は解決しないまま、日々は流れていく。

王都で暮らす貴族たちの多くは、ユークス家の亡霊を警戒していた。

俺が出向いて調べたのは城だけ。

あとはこれまで通り、三大貴族の周辺だけを警戒している。

そのせいか、一部の貴族たちは俺こそが怪しいのではないか、と声をあげていた。

「大半の人間は、それが妬みからくる言いがかりだってわかっているけどね」

屋敷の庭、テーブルの向かいにいるオーヴェがそう言った。

「気持ちはわかるけどな」

俺は肩をすくめながら言った。

「そう？」

オーヴェは首をかしげる。

「力を貸さないから怪しいってのはもちろん言いがかりだが、それを別にして、俺はどこからともなく現れ、三大貴族に囲われている謎の能力者だしな」

基本的に、上位貴族の使用人は貴族出身や、その周辺の人間だ。

しかし俺は例外の側で、そういった上流の出ではない。

それだけ能力が特殊で、彼らにとって価値あるものだったということだが、出自の怪しさというのは拭えない。

貴族や大商人などと違い、大半の庶民は家系図のようなものもないしな。

それこそ貴族に仕えるのでもない限り、出自など気にされない。キリがないしな。

「確かに、そう聞くと怪しいわね」

「まあ反面、今回の事件とは縁がなさそうでもあるけどな」

「ユークス家との関わりがなさそうだものね」

「ああ。そもそも、ユークス家に俺の能力があれば、取り潰される前に対策できるだろ」

結果として敗北し、今はなくなったユークス家。

しかしそれまでは三大貴族に近い位置にいるような大貴族だったのだ。

当然、動かせる力も大きい。そこに俺の能力があれば、先回って返り討ちにすることが可能だ。

三大貴族が、今俺を囲っているのもそう判断しているからだしな。

「それもそうね」

「上流貴族の周りでは珍しい出自不明の男。にもかかわらず三大貴族に重宝されているってなれば怪しいのは確かだが、それなら今回の件みたいな出方にはならないだろうな」

もちろん、犯人がユークス家を語るだけでまったく関係ないとなれば俺でもおかしくはないが、それなら狙う対象がおかしいって話もある。

目的にもよるが、俺の能力は別に誰に見いだしてもらっても問題ないものだ。

ローム家の令嬢を狙うならローム家に紛れ込めばいいし、三大貴族を狙うならすでに入り込んでいる以上、ローム家から狙う必要がない。

貴族全体を目的としているのだとしても、やはり三大貴族から狙ったほうがいいわけで、俺が犯人というのはあまり論理的ではない。

考えられる可能性としては、ローム家への復讐を果たしつつ、自分はより上位の貴族に囲われて安全に過ごしている……とかか。

しかし、俺のように能力を認められているとかではないのだろうな。

これは、俺が実際に公爵たちと接したからわかることでもあるのだろうが……。

極端な話、今のオキデンス家やオリエー家は、たとえ俺が犯人であっても、最後には俺をとってくれるのでは……というくらいの破格の扱いだ。

改めて考えると、とんでもなく恵まれた扱いだな。

こうしてオーヴェたちと暮らしていられるというのも、本来なら考えられない話だ。

三大貴族の令嬢三人と過ごすなんて、貴族でもまず無理だしな。

「事件が解決すれば、そういう疑いも晴れるとは思うが」

城で見つけた使用人は、やはりそちらの事件とは無関係だったらしい。

内容としても、その使用人の犯行は殺人などではなかった。

使う予定のない倉庫行きの武器を、王城モデルとして冒険者などに横流しをしていたというもので、横領としては問題ではあるのだが、倉庫に眠らせておくだけの品だったので、城への被害は軽いものだった。

そちらの顛末は、俺が詳しく知ることはないが、城のほうから感謝はされた。

事件の大きさというより、俺の力が本物であったから、より欲するようになった、という意味合いが強そうだ。

しかしそれは当然、三大貴族によって上手くブロックされているのだった。

結局、俺としては城からも評価を上げつつ、それにともなって三大貴族からの評価も上がり、彼女たちと変わらずいちゃいちゃ過ごせるというわけだ。

●

夜、部屋でのんびりと過ごしていると、オーヴェとエストがふたりそろって部屋を訪れてきた。

「珍しいな」

これまでも、夜に彼女たちがそれぞれ部屋を訪れてきてはいる。

なにせ、今は結婚相手を選ぶとか、その血を取り込むための子作りだとかのためにこうして四人で暮らしているのだ。

しかし、牽制し合うお嬢様たちがふたりで……というのはまずないことだった。

することがすることだし、基本的には一対一だからな。

「そうね。エストがうるさいから」

オーヴェがそう言うと、エストは胸をはりながら煽るように返した。

「ふふん、せっかく一緒に住んでるんだし、もっとわかりやすくできると思ったのよ」

ぐっとそらされたエストの大きな胸がたゆんっと揺れる。

自覚のない子供っぽい仕草と、そのたわわな果実のギャップがそそる。

思わず目を奪われていると、オーヴェがこちらをジト目で見ていた。

「んんっ、それで、何をするつもりなんだ？」

俺はわざとらしく咳払いをしつつ、エストの胸から視線を外して言った。

「まあ、ふたりで来たってことは、何かしら競うんだろうが……」

彼女たちは頻繁に勝負をしている。

それは俺が出会う前からのことで、特に一緒に暮らすようになってからは見る機会も増えて、もはや見慣れた光景でもあった。

時に遊びに加わるかたちで、時に勝負を見守るかたちで巻き込まれることも珍しくない。

談話室にいるときではなく、夜にわざわざ部屋を訪れて、というのは初めてだが、まあ同じ屋敷の中だ。行き来も簡単だし、そういうこともあるのかもしれないな。

なんて気軽に考えていると、エストが胸をはったまま続ける。

「そうよ。オーヴェよりあたしのほうが、アーウェルのお嫁さんとして上だってことを証明しにきたの」

「ほう……」

それはまあなんというか。

この環境を考えれば最も正当とも言えるし、俺からすれば厄介だとも言えた。

そもそもそんなにはっきりと、簡単に誰が一番と言えてしまうなら、この状況になってないというか……。

それは俺が優柔不断だからとか、美女三人に囲まれている状況が役得だからとかで引き延ばしているだけではない。

一応、三大貴族側の動きや体面なども考えながらのことだ。

……まあ確かに、彼女たちからえっちに迫られるという環境が、理由として最も大きいというのは置いておいて。

「それはどういう？」

一応、エストに尋ねてみる。

この場でどっちか選びなさい！　というほどストレートじゃないといいのだが……。

やや不安げに見ると、エストはわかってる、とばかりに大きくうなずいた。

「アーウェルがすぐに『エストのほうがいい』って言えないのはわかってるわ。いろいろあるし」

「お、おう……」

それは助かる。

ことあるごとにオーヴェに勝負を挑んでは返り討ちにあいがちなのと、よく言えば素直でまっすぐな性格のため、どちらかというと幼い印象のエストだ。

だが、オーヴェ絡みのことでなければ、公正で優秀なお嬢様だった。

当然、俺側の事情なども、むしろ生粋の貴族である分、いろいろと見えているのだろう。

疑いなく自分が選ばれる前提なのはまあ、やっぱりちょっとアホっぽくはあるが。

もちろん普通であれば、エストに迫られればすぐ落ちる男のほうが普通だろうし、自信過剰というわけでもない。

なんならオーヴェと比較しても、大半の男が気後れしてしまうオーヴェより、素直なエストのほうが花嫁に選ばれやすい気もする。

「今、失礼なことを考えたわね？」

オーヴェが突然、こちらを軽くにらんだ。

「まあ、今回はちょっと」

素直に言うと、オーヴェは視線を鋭くした。

俺はわざとらしく肩をすくめてとぼける。

「それで、なんだっけ？」

エストへと話を戻す。

「むぅ、通じ合ってる感じを見せつけてくるわね……」

彼女は小さくうなった。

「それはともかくっ！」

勢いで切り替えたエストは、びしっとこちらへ指をさした。

「アーウェルのお嫁さんに大切なのは何だと思う？」

「貴族的な場で俺を引っ張ってくれる対応力とか？」

何せこちらは庶民育ち。

最近は多少勉強してはいるものの、貴族は生まれてからずっとそこで育っているわけで、付け焼き刃の俺とは違う。

「それならわたしのほうがよさそうね」

オーヴェが涼しげに言うと、エストは首を大きく横に振った。

「違うわよ。そんなのは割とどうでもいいの。お父様だって他の人だって、アーウェルの能力があったら多少の無礼なんて気にしないわよ。そんなことより、アーウェルに気に入られたいもの」

「なるほど」

ドライと言えばドライ。さすが貴族。

俺自身がその考えで突っ走ると敵を増やしすぎて足を掬われそうだが、貴族側から見ればそれも間違いではない。

「そうなると、能力を信じて相応の権力で対応できる人か」

「それなら、わたしたちは三人とも同じね」

三大貴族である彼女たちの家は、どこも俺の能力を最大限に活かせるだけの力がある。

だからこそ俺を重要視して囲っているのだし。

「そうね。そこは一緒だから、差はつかないわね」

「だとすると……」

なんだろう。

庶民の感覚で一般的な結婚を考えると、やはり性格とか相性だと思うが、それこそ貴族にとっては当人同士の相性なんて最優先するものでもないしな。

「大事なのは、たくさん世継ぎをつくってアーウェルの血を残すことよ」

「なるほど……」

特に公爵たちの考えとして、それはたしかに最重要な部分だった。

しかしそれこそ、この場で決着を付けるようなものでもないと思うが。

妊娠した瞬間にそれがわかる魔法なんてないしな。

「つまりっ！」

彼女は俺を指さし、それをついっと下へおろしていった。

エストの指が、俺の股間を指している。

「アーウェルをいかに気持ち良くして、いっぱい出させるかが重要なのよっ！」

「お、おう……」

間違っていない、のか……？

なんというか、搾り取る宣言はある意味エロいような気もするし、言い方によってはドスケベな感じがするのだろうが、エストの言い方だと色気がないというかなんというか。

「というわけで、今日はあたしたちのどっちがアーウェルのおちんちんを気持ち良く出来るか、勝負をしようってわけ」

「…………」

俺は無言で、オーヴェのほうを見た。

いや、確かにおかしくはないというか、もはや夜に部屋を訪れるのはそういうことのため、という感じになっているので、いつも通りとも言える。

また、先程は色気がない言い方だと思ったものの、いざふたりの美女が自分を気持ち良くさせる勝負、と聞くと期待がムクムクと膨らんでいく。

「つんつん」

エストは股間をさしていた指をそのまま伸ばし、ズボン越しに突いてくる。

その淡い刺激は、期待をさらに煽っていった。

「さ、ベッドに行きましょう」

オーヴェもそう言って、先にベッドへと歩いていく。

「ふふん、そうやって余裕でいられるのも今のうちなんだから」

エストも自信ありげに言って、ベッドへ向かう。

俺はそんなふたりの後ろについていくのだった。

「さ、それじゃさっそく♪」

ベッドにつくなり、エストが俺のズボンへと手をかけてくる。

その向こうで、ベッドに上がったオーヴェは自らの胸元をはだけさせていた。

「おお……」

「むぅ……えいっ！」

オーヴェの生乳がふよんと揺れながら現れる光景に目を奪われていると、下着ごとズボンがズリ下ろされた。

「あたしがいる前でオーヴェに見とれるなんて、いい度胸してるわね。あむっ！」

「うぉ……」

そしてそのまま、まだ大人しい肉竿をぱくりと咥え込む。

温かい口内に包み込まれ、その舌が伸びてくると、肉棒もすぐに反応してしまう。

「んむっ、ん、ふふっ……あたしのお口の中で、おちんぽ、大きくなってきてる、ん、じゅるっ、はぁっ……」

「エスト、あぁ……」

むぐむぐと口内で刺激されて、肉棒はすぐに完全勃起してしまう。

舌と唾液が絡み、れろれろと愛撫を行ってくる。

「エスト、ひとりで始めるなんてずるいじゃない」

おっぱいを揺らしながら、オーヴェがこちらへと来る。

「アーウェルはわたしの胸に夢中みたいだし、ここで気持ち良くしてあげる」

オーヴェは自らの巨乳を支えるようにして強調してくる。

ボリューム感たっぷりの胸が、柔らかそうにかたちを変えて俺を誘う。

「エストはどうするの？　わたしに勝つ自信がないから、そうやっておちんぽをしゃぶって独り占めするのかしら？」

「むぅっ……！」

オーヴェの挑発にエストは頬を膨らませる。

そして一度、俺の肉竿を解放した。

彼女の口内でしゃぶられ、舐められた肉棒は、もう完全に勃起している。

上向きになった肉竿は、エストの唾液でぬらぬらと光っている。

「それじゃ、お互い胸でアーウェルのおちんちんを気持ち良くするわよっ！」

「そうね」

エストも自らの胸元に手をかけると、その大きなおっぱいを露出させる。

巨乳を揺らす美女がふたり、こちらへと迫ってくる光景は、かなりいいものだ。

近づくのに合わせて揺れるふたりの胸に見とれていると、彼女たちは左右から俺の股間へと寄ってくる。

「それじゃ、いくわよ。えいっ♪」

「おぉ……」

エストがむぎゅっとそのおっぱいを肉竿に押しつけてくる。

さすがのボリューム感と乳圧で勃起竿が反対へ倒れそうになるが、そこへオーヴェが胸を寄せてきた。

「ん、しょっ……」

「うぁ……」

ふたりのおっぱいが、左右からむぎゅと肉棒を挟む。

その気持ちよさと、魅惑の光景に飲まれていく。

彼女たちがぐいぐいと胸を押しつけ合って、肉棒を包み込んでいる。

ひとりの胸に挟み込まれるだけでも気持ち良くエロい光景だが、ふたり分となるとその破壊力はすさまじい。

柔らかくかたちを変えるおっぱいが、肉竿を挟んで互いにむにゅっと押しつけあっている。

「ふふっ、アーウェルってば、さっそくいやらしい顔で喜んでるわね」

オーヴェがこちらを上目遣いに見ながら言った。

「ああ」

俺がうなずくと、彼女は満足げな笑みを浮かべる。

「それならもっと、むぎゅー♪」

「おぉ……」

彼女は両手で胸を支えるようにしながら、さらに積極的に押しつけてくる。

柔らかな膨らみがむにゅむにゅと肉棒を刺激した。

「あたしだって、むぎゅぎゅー♪」

それに対抗するように、エストも反対から胸を押しつけてきた。

ふたりのおっぱいに挟まれる肉竿が気持ち良く圧迫されている。

「アーウェルは本当に胸が好きね」

「俺に限らないだろうけどな、うっ……」

オーヴェがそのおっぱいを押しつけながら、楽しそうに俺を見上げる。

攻める側の微笑みと、ふにゅふにゅとした胸の気持ちよさ。

「ね、アーウェル、あたしのおっぱいのほうが気持ちいいでしょ？　ほらほらっ」

エストがそう言って、その柔らかな双丘を揺らした。

包み込まれている肉竿が、その揺れでしごき上げられる。

先に口内に含まれ濡れていたため、柔乳はスムーズに肉棒を擦り上げる。

「ちょっと、そんなに動かしたらしたら、わたしのほうに、んっ」

チンポを刺激する動きは、反対側から俺の肉竿に押しつけられているオーヴェの胸も擦り上げていった。それに反応して、艶やかな声を漏らすオーヴェ。

女の子同士が胸を擦り合わせ、気持ち良くなっているという状況は妙にエロい。

肉竿をおっぱいに包まれ、揺らされる気持ちよさに加え、その非日常的な光景にも惹かれている内に、彼女たちはさらに動く。

「ふん、オーヴェにもきくんだ？　それじゃ、えいっ！」

その反応に気を良くしたエストが、さらに大胆に胸を揺らしていった。

「ちょっっと、んんっ♥　もう、エスト……！」

それに対抗するように、オーヴェも巨乳を押しつけながら揺らしはじめた。

「あっ、オーヴェ、んぁ♥」

反撃にこちらも甘い声を漏らすエスト。

「負けないんだから、ん、しょっ！」

エストは胸を支えながら、大きく上下に動かした。

「ひうっ♥　それ、んんっ……」

胸を擦り上げられたオーヴェが反応すると、エストはさらに勢いづく。

「えいえいっ！　ふふん、なんだか可愛らしい反応ね、オーヴェ」

挑発するようにエストが言うと、オーヴェのほうも黙っていない。

「見てなさい。ん、しょっ、はぁっ……！」

対抗してむぎゅっと胸を寄せるようにしながら上へと滑らせるオーヴェ。

「んぁっ♥　あっ、んんっ……！」

その動きはエストのおっぱいを刺激し、彼女が喘ぐ。

美女ふたりがおっぱいで責め合うドスケベな光景。

見ているだけで興奮が収まらなさそうな絶景だが、そんなふたりが胸で愛撫し合う間には、俺のチンポが挟まれているのだ。

競うようにおっぱいを動かしていく彼女たちによって、肉棒は乳圧を受け、しごかれていく。

「うぉ……」

「えいえいっ！　ん、はぁっ……」

「しょっ……ふぅっ、ん、あぁっ」

両サイドからのパイズリで、肉棒はどんどんと高められていく。

「ふたりとも、あぁっ……！」

おっぱいに気持ち良くしごきあげられ、限界が近づいてくる。

「アーウェル、顔が蕩けてきてるわね」

「あたしたちのおっぱいで気持ち良くなってるんだ♪」

「ああ……」

ダブルパイズリで高められながらうなずく。

「それじゃ、しっかり感じてね」

「ほら、気持ち良くなった証、勢いよく出しなさい♪」

ふたりは左右からぐっと胸を寄せ、肉棒をしごき上げてくる。さきほどの、互いを狙った動きもよかったが、本格的に肉棒を狙ったパイズリは、さらに気持ちがいい。

「うっ、そんなにされると、もうっ……！」

射精欲が膨らみ、限界が近づく。

「いいわよ。わたしたちの胸で射精しなさい♥」

「んっ♥　ほらアーウェル、びゅーびゅーって、精液、出しちゃえ♪」

「あぁっ、出るっ……！」

「たぷたぷっ、むにゅー♪」

「むぎゅぎゅー♥」

ふたりはラストに左右からおっぱいでしごきあげ、その気持ちよさに俺は射精した。

巨乳に包み込まれていた肉棒から白濁が吹き出し、谷間から飛び出していく。

「きゃっ♥」

「すごい勢い、んっ♪」

それはふたりの顔と胸へと降り注ぎ、汚していった。精液を浴びたふたりは潤んだ瞳でそれを見つめる。

「熱くてドロドロ……♥」

「いっぱい出たわね、んっ……」

ふたりの美女が精液でよごれながら、おっぱいで肉棒を包んでいる姿。

そのエロい光景を眺めながら、射精の余韻に浸る。

「ね、アーウェル、どうだった？」

「気持ち良かったよ」

俺が言うと、エストは笑みを浮かべる。

「よかった♪」

そしてその笑みをいたずらっぽいものにしながら続ける。

「それで、どっちのおっぱいが気持ち良かった？」

無論、答えられるはずもない。どちらも最高だったし、途中からは連携プレーだったし。

「ま、そう簡単に決められないわよね」

オーヴェはそう言うと、妖艶に微笑む。

「それじゃ、次はあたしたちのアソコで確かめてみる？」

「わたしたちも疼いちゃってるし、ね？」

ふたりはその巨乳から肉竿を解放すると、身体を寄せてくる。

まだまだ、夜は長そうだ。俺はわずかな危機感と、それ以上の期待や興奮で昂ぶっていた。

第四章　犯人との対峙

公爵令嬢たちに囲まれるハーレム生活。

その途中報告というかたちで、俺は公爵たちの元へと顔を出すことになっていた。

オリエー家の客室で、三人の公爵たちと対面することになる。

日頃から三大貴族の屋敷を回って使用人を見ているので、屋敷への移動は慣れたものだが、今回は内容もあって多少緊張する部分もあった。

令嬢たちに囲まれて暮らしていたり、能力を理由に優遇してもらったりしているが、本来公爵たちは俺が顔を合わせられるような存在ではない。

そんな彼らから、娘とのやりとりについて……となれば、本来は死刑宣告みたいなものである。

俺の場合、お膳立てをしたのが彼らであることもあって、多分そこまで困ったことにはならないとわかってはいるが、それでも少し緊張するくらいだ。

そんなことを考えつつ、応接室に通され、三人の公爵たちと顔を合わせることになるのだった。

「調子はどうかね」

「おかげさまで」

公爵のお言葉に、俺は曖昧に返した。

公爵側もとりあえず聞いただけだろうし、なんと返すのが正解なのかよくわからない。

お嬢様たちのとのハーレム生活、最高です！　と答えたら、よくも悪くも反応が大きそうだが、そこまで思い切ったことを言えるほど豪胆ではないのだった。柄じゃないしな。

「まあ、そう気負う必要もない。今日はちょっとした経過報告で構わない」

「娘たちとは上手くやれているかね」

「はい。よくしていただいて……」

「それはよかった。うちの娘はなかなか難しいからなぁ……」

オキデンス公爵はしみじみと言った。

オーヴェははっきりしたタイプで、いわゆる貴族の令嬢とは違うし、その辺の令息では確かに難しいのかもしれない。

貴族としての格もオーヴェのほうが上となると、力関係ははっきりしてしまうしな。

そこを上手くやるというのは、貴族男性にはなかなか厳しいところがある。

そういった事情もあって、オキデンス公爵はオーヴェと仲良くなっていた俺に、執事時代からもずっと肯定的だった。

能力ありきとはいえ、それ意外の部分でも好意的なのは、ある種の安心感がある。

「それを言い出すと、うちもなかなかな……」

セプテント公爵が小さく漏らす。

ノルテは基本的にお嬢様として上手くやっていける性格であり、実際に人気も高いのだが、本人が男性を苦手としているため、その人気に反してなかなか相手には恵まれなかったという。

婚約者という話が出る以前は、男性慣れする、ということで接することも多く、俺に対しては慣れてくれたが、他の相手に関してはまったく……という感じだった。

「それで、仲はどうだね。三人ともと上手くいっているのか？」

「はい。みんな好意的で、仲良くさせてもらっています」

令嬢三人を侍らせていちゃいちゃなどとんでもない話ではあるが、その状況を用意したのは公爵たちだし、事実なのでごまかしようもなかった。

ここで、健全な関係で――というのもおかしな話だろう。

「ほう……」

「今のところ、誰かひとりとだけ進展している、ということもない、と？」

「はい」

優柔不断さを責められるか……？　と身構えるものの、彼らからその気配はなかった。

能力によって風向きが悪くなればすぐに気づけるが、それがわかったところで、どうにもできない場面である。

三大貴族に目を付けられれば、この国で快適に暮らすのは難しい。

しかし、三人全員と仲良くしている、と話すと、彼らの空気はむしろ緩んだ。

「それはよかった」

「これからもよろしく頼むよ」

そう声をかけられ、俺は安心したような、拍子抜けしたような気分になりつつも応える。

「ありがとうございます」

「世間は事件で騒いでいるが、気にするな。こちらはこの先、何世代にもわたるような話だ」

現在、三大貴族の力はバランスが保たれている。

国としても安定しているため、ここで他の二家より抜きん出ようというよりは、三家での支配を安定させていこう、という考え方なのだろう。

そう考えると、俺をどこかの家が取るというより、すべての家でシェアし、その血を取り込むというほうが利益が大きい。

公爵令嬢三人に囲まれる庶民というのは、恐れ多いどころではない感じだが、主導権のある向こう側がよしとしているのだ。

娘を一緒に住まわせるという時点で好意的なのはわかっていたものの、想定以上に三人と仲良くすることに肯定的で、少し驚いた。

貴族にとって一夫多妻はそう珍しいことでもないというのもあるのだろうが、基本的には身分が高い側がすることだしな。

以前ノルテが提案した通り、本当にこのままハーレム暮らしが続けられそうで、期待が膨らむ。

俺としては彼女たちに囲まれる生活を気に入っているし、それなら婚約者候補という状態をずるずると維持する必要もなさそうだ。

そんなことを考えながら、あとは世間話などをして、公爵たちとの面談を終えるのだった。

その後は、公爵たちがそれぞれの娘と話すようだったので、俺は屋敷の使用人たちと顔を合わせるいつも通りの仕事をするのだった。

●

男はバーに顔を出していた。

人と会う約束をしているためだ。

ユークス家を取り潰し、その力を分け合ってのうのうと過ごしている貴族たちへの復讐は、順調とも言えるし、行き詰まっているとも言えた。

最悪の敵であるローム家を始め、特に罪深い家の者たちを裁くことには成功していたが、そんな貴族たちの象徴でもある、三大貴族のオキデンス家、セプテント家、オリエー家に関しては、とある事情で手出しできずにいた。

あの三家は非常に厄介だ。

それはよくわかっている。

アーウェルの存在は、男にとって天敵とも言える。

向こうはこちらのことを知らないだろうが、男にとってはよく知る存在だった。

アーウェルは有名であり、こと三大貴族に囲われてからのことについては、多くの情報が入ってくる。

特にここ最近は、男の復讐によって貴族たちが右往左往し、その対策となるアーウェルの価値が上がっているようだ。

実際に、敵意を察知するアーウェルの能力によって、男の復讐は行き詰まっていた。

最大の罪を持つローム家を一番にするのは決めていたが、三大貴族は本来なら、もっと早い段階で復讐しておきたかった相手だ。

しかしアーウェルによって守られているため、男は手出しが出来なかった。

そうして後回しにしていたが、やはり象徴でもある三家を放置しておく訳にはいかない。

アーウェルの能力は、敵意に反応するもの。

であれば、それと知られないように手を回していくことが重要だ。

男の元に、待ち合わせていた相手が来る。

彼女は三大貴族の令嬢たちが暮らす屋敷で働いているメイドだ。

アーウェルの件を抜きにしても、彼女は家への忠誠心が高く、それを裏切るということはない。

だから目的を達成するには、あくまでも善意によって穴を開けなければならない。

「貴族のほうは、最近物騒みたいだね。今のところ使用人には被害が出てないし、我々は大丈夫だろうけど」

男がそう言うと、彼女はうなずいた。

「でも、うちはアーウェル様もいますし、かなり安心できますね」

「定期的に見ているからね」

「はい。怪しい人がいたら、すぐにわかりますから」

そういう彼女は安心しきっている。

だからまずは、そこを揺さぶっていくことが大切だ。

「悪意に反応出来るっていうのは強みだけど、犯人が直接動くようなものじゃないと見つけられないから、安心しすぎるのも危険だよ」

「直接じゃない方法……？」

彼女は不思議そうに聞き返してきた。

「ああ。例えば、商人とかすでに出入りしている人間を使って、情報を手に入れる」

それだけなら、次に顔を出したときに、アーウェルの能力に引っかかって終わりだ。

「そして、何らかの事情を持たせて、そいつを担当から外すとか」

それを繰り返し、自分との接点をなくす。そうすれば時間は掛かるが、悪意を持った人間はアーウェルの前に現れずとも、屋敷の情報を定期的に得ることができる。

新しい担当者は、当然悪意などないわけで、アーウェルに見られてもなんの問題もない。

情報の精度が落ちるし、実行犯が屋敷に踏み入ったならばすぐにバレるが……。

アーウェルの能力がどの程度の距離まで届くかは、あまり知られていない。

屋敷内ならわかるのかもしれないし、あるいはもっと近くないといけないのかもしれない。

その詳細がわかれば……と思う。

しかし男にとっては、今の状態でも十分だった。

まずは、アーウェルへの絶対的な安心感を取り除くことだ。

「えっと……」

彼女は驚いたような顔になった。

善人である彼女は、アーウェルの能力を突破しようなどと考えたこともなかったのだろう。

「ここ最近で、誰か出入り商人の担当がかわったこととか、なかったかな?」

「あ、あの……」

心当たりがあったようで、彼女は目に見えて動揺していた。

「新しく来た人間は、もちろん調べて安全だっただろう。前の担当は今は?」

そんな彼女に、男は提案をする。

「あまり大々的にすると、かえって犯人を刺激するかもしれないし、こっそり安全を確認してみたほうがいいかもね。たとえば――」

先の方法は、結局は犯人自身は殺意を持って屋敷に入るしかないので、成功確率は低めだといえる。無論、部屋などの情報さえあれば、運がよければ令嬢の誰かひとりは始末できるだろう。

しかしそれ以降はまた、完全な手詰まりとなる。

だからもう一つの方法――悪意のない人間によって、事故的にまとめて始末しなければならない。

不安になったメイドが、忠誠心から独自に動き、結果としては守るはずだった令嬢たちを死なせてしまう……そんな方法こそが、アーウェルの能力を回避して復讐を達成するのに必要なものだ。

男の計画は、成功する確率がそう高いものではなかったが、直接忍び込むよりは安全であり、可能性の高いものだった。

●

セプテント家での仕事を終えて戻ってくると、三人が談話室で編み物をしていた。

「珍しいな」

「おかえり、お疲れさま」

編み物をしながら、声をかけてくるオーヴェ。

「どっちのほうが上手いか、勝負してるのよ」

エストもこちらに目を移し、そう言ってくる。

「ノルテは？」

「おふたりが楽しそうなので、一緒にすることにしました」

目を向けると、オーヴェとノルテは手袋を編んでいるようで、ノルテが編んでいるのはマフラーみたいだ。

ふたりは勝負だから同じものを作っているのだろう。

「なんで編み物なんだ？」

ふたりが何かしら勝負しているのは珍しくないが、編み物というのはとても庶民的だ。

貴族は基本的に、自分ではやらないからな。

貴族令嬢の場合、そういった庶民的、家庭的なことは避けられがちだ。貴族的に見栄えがよくないと考えられている。

だから公爵令嬢である彼女たちが編み物をしているというのは、場合によってはすごい光景だ。

「街では自分が作っているのが流行っているのでしょう？」

「まあ、そうだな」

もちろん、庶民でも普通に買うことはあるが、作ることもわりと多い。

やや古風なイメージではあるものの、編み物が上手いのは女性らしさの一環として人気があるものだ。

「だから挑戦してみようと思って」

貴族らしからぬ好奇心ではあるが、貴族らしさにすがる必要もないくらいの立場だからこそ、むしろフラットなのかもしれない。

「勝負はいいとして……よく編み方なんて知ってるな」

編み物は人気ではあるものの、それは庶民の話。

貴族が趣味とすることはまずない。

下位の貴族ならば、使用人の中には庶民出身の者もいるだろうし習うことは出来るが、公爵家ともなれば使用人も含めてほぼ貴族だ。

「ええ。本を書いてもらったの。本当は直接習うほうがいいのだろうけれど、勝負ってなるとそれも違うでしょう？」

スケールが違った。

なるほどな。

本というのはそれなりの高級品であり、あまり出回ってはいない。

情報を書いてまとめたものであり、知識の伝達や物語に使われる。

手書きである以上、一冊用意するにも結構な労力がかかり、気軽に所有できるものではないが、貴族の財力があればほんの一冊や二冊は、確かに用意出来るだろう。

しかし今回の本は一般的な、複写されたものではなく、新しいものだという。

本の製作には人手が掛かる。

編み物が出来る人間、それを聞いて記していく読み書きが出来る人間、編み物の解説のための図を入れる人間、と。

最低でも三人がかりで作ることになるだろうわけで、結構な日数がかかっただろう。

当然、すでにある本を書き写すのに比べて、コストもかなりかかってしまう。

一度の勝負というか、娯楽にそれだけぽんと出してしまえるのは、あらためて貴族だなぁ、と思うのだった。

「アーウェルさんは、手編みの物って身につけたことありますか？」

器用にマフラーを縫いながら、ノルテが尋ねてくる。

令嬢としては不慣れだろうが、出身が庶民の俺としては、やはり編み物は女子力の一環といった感覚がある。

ノルテの手つきは危なげなく、女子力が高い。そう感じた。

「いや、ないな」

庶民といってもいろいろで、俺は能力のこともあって、そんなに穏やかな過ごし方をしてこなかったからな。

あとはまあ、手編みのものを貰うような浮いた話とも無縁だったし。

「そうなんですね」

「ふうん、ちょっと意外かも」

手袋を縫いながら、エストが言った。

「そうか？」

彼女の手つきも、わりと危なげがない。

エストにせよオーヴェにせよ、性格的に細かい作業は苦手そうなイメージがあったが、実際には器用だな。

性格的に好むかどうかはともかく、能力面で見れば、彼女たちは様々な面において優れていると評判の令嬢たちなのだ。

まあ、その優秀さに日頃の性格が合わさると、貴族男性陣からはむしろ扱いが難しいと思われていたのだけれど。

今も、ノルテは柔らかな雰囲気であり、「女性が恋人への贈り物を編んでいる」みたいな様子に感じられる。小さな子のためにも編める、よき母になるだろうな……というような幻想を男に抱かせる雰囲気だ。

対して、オーヴェとエストはもう少しドライというか、それはそれですごいことなのだが、職人的な雰囲気を漂わせている。

こう、温かみというよりもしっかりと技巧を使いこなそう、という意気込みを感じる。

勝負だから、というのもあるだろうが、こうして競い合うなかで高めあってきたこれまでがあるからだろう。

「編み物は、流行と言うには古風ってのは置いといて、どこから庶民の情報なんて仕入れて、わざわざ勝負にしようと思ったんだ？」

それも、点数が明確につく遊びではなく、編み物という勝敗のわかりにくいものだ。

「それは……」

エストが言いかけて、口をつぐんだ。

「普通の勝負は、だいたいしてるから、新しくないのよ。石取りとかもしたことあるわよ」

オーヴェがすらすらと言った。

「そうなのか」

確かに、何度も何度も勝負しているふたりだ。

庶民の遊びでも、わかりやすいのはすでに通ってきた、といわれても不思議じゃない。

むしろ、納得できた。

俺は三人が編み物をする姿を、ぼんやりと眺めて過ごすのだった。

●

「アーウェルってかなり体力あるわよね」

「急になんだ？」

夜、部屋を訪れてきたオーヴェとベッドへ向かう途中、彼女が急に言った。

「あ、体力っていうか、その、精力？」

少し恥ずかしそうに言い直すオーヴェ。

「ふむ……」

俺は改めて考えてみる。

どうだろう。

「そもそも、他を知らないというのはあるが」

「ま、わたしもそんなに詳しいわけではないけど」

とはいえ、オーヴェはお嬢様なわけで、いろいろとそういう知識も入ってくる、のだろうか。

貴族にとって子作りは重要だし、殿方の扱いはある程度学ぶ機会があるのかもしれない。

「ほとんど毎日、わたしたちの誰かとしてるじゃない？」

「ああ、そうだな」

婚約者を選ぶ、ということで行われているハーレム生活。

その中では、毎夜彼女たちが俺の部屋を訪れて、ベッドを共にする。

「わたしたちは三人だから日もあくし、そんなものかなって感じだけど」

子作りが重要な貴族の場合、庶民よりも回数は多くなりがちだ。

主に書類仕事であるため、体力をあまり使わないというのも関係しているだろう。

物理的な疲れが溜まりにくい分、夜に回す余裕がある。

それでも毎晩というのは、なかなかないみたいだ。

「美女に迫られれば、その気になると思うけどな」

そう言いながら、彼女を抱き寄せる。

「ん、もうっ……本当元気ね」

そう言いながら、彼女も乗り気なようだった。

俺自身、性欲が強いとか体力が余っているという事情もあるのだろうが、こうして彼女たちがえっちで積極的だというのも大きいと思う。

エロい美女に迫られれば、最初はそんなつもりがなくてもムラムラとしてしまうものだ。

そんな時間が続き、身体のほうも適応しているのかもしれない。

俺は、オーヴェをベッドへと押し倒した。

「んっ……」

そして唇を突き出す彼女に、キスをする。

「あっ、んっ……」

それだけでスイッチが入ったように、オーヴェは頬を染め、潤んだ瞳で俺を見つめた。

そんな彼女を前に、俺も劣情を滾らせる。

「んむっ、んんっ……♥」

再びキスをして、次は舌を伸ばす。

「ん、れろっ……」

それに応えるように彼女も舌を伸ばしてきて、絡め合った。

舌先を愛撫し、唾液を交換する。

「ちろっ……ぺろっ……」

舌を絡め合いながら、俺は彼女の巨乳へと手を伸ばした。

「んんっ……」

むにゅんっ。

服越しでも感じる、柔らかな双丘。

「ん、はぁ……♥」

唇を離すと、オーヴェが艶めかしい吐息を漏らす。

俺はその膨らみを堪能しながら、彼女を眺めた。

「あぁ……♥」

目が合うと、恥ずかしそうに視線をそらすオーヴェ。

その姿にますます昂ぶりが増し、俺は彼女の胸元へと手を差し込む。

胸元がはだけ、その生乳に触れていく。

柔らかな双丘が俺の手を受けてかたちを変えた。

素晴らしい感触と、指の隙間からあふれる乳肉。

さらに愛撫を続けていると、彼女の反応がより顕著になってきた。

「あぁ……アーウェル、ん、はぁ……」

「オーヴェ、エロい声出てるな」

「あんっ♥ だって、ん、そんな風に触られたら、ああっ……」

彼女が感じているのが伝わってくる。

乳首もたちあがり、こちらを誘っていた。

俺はそのつんと尖った乳首を、指先でつまむ。

「んぁっ……！」

可愛らしい声をあげて感じるオーヴェに気を良くし、さらにその乳首をいじっていった。

「んは、あぁっ……」

くりくりと乳首をいじり、そのおっぱいへ顔を寄せていった。

そのまま顔を埋めると、柔らかな感触が顔を受け止める。

「アーウェル、んんっ……」

甘く蠱惑的な香りと、柔らかなおっぱいが俺を包み込んだ。

「んむっ、ふぅ……」

巨乳に顔を埋めて楽しみながら、指先では乳首への愛撫を続ける。

視界はおっぱいで埋まっているため、彼女の反応は見えなくなった。

それでも声は聞こえるし、指先でいじる乳首の感触も伝わっている。

「ああっ♥　ん、アーウェル、そんなに、はぁっ……♥」

乳首への愛撫で気持ちよさそうな声を漏らしていくオーヴェ。

おっぱいに包まれながら、乳首をいじり続ける。

感じて体温が上がったのか、胸にも熱が籠もってきた。

甘やかな彼女の匂いと柔らかなおっぱいに包まれているのは、安心感と興奮が同時に湧き上がってくる。

「んんっ、あ、乳首そんなに、ん、ふぅっ♥」

乳首で感じているオーヴェの声が聞こえてきた。

俺は少しだけ顔を上げると、片方の先端を口に含んだ。

「んぁっ♥」

唇で挟み込み、舌先でくすぐるように動かす。

「んあぁ！　それ、んっ、乳首レロレロするの、あっ、だめぇっ♥」

彼女は敏感に反応し、身体を揺らす。

軽く吸うと、快感に身体が跳ねたようだ。

「ああっ！　ん、もっと、あふっ……♥」

その期待に応えようと、俺はさらに乳首を吸っていった。

「んぅっ♥　はぁ、ああっ……！」

吸い付かれ感じているオーヴェが、嬌声をあげていく。

「あふっ……ね、アーウェル、ん、そっちだけじゃなくて」

「ああ」

俺は一度口を離すと、今度は反対側の乳首に吸い付く。

「んあぁっ！」

またびくんと反応するオーヴェ。

俺はそちらも吸いながら、舌先で転がすように愛撫する。

「んぁ、ああっ……♥」

彼女は快感に声を漏らし、その身を委ねている。

俺は存分に彼女の乳首を味わい、愛撫を続けていく。

「アーウェル、んぁ、そろそろっ……」

彼女が切なそうな声を出したので、俺は胸から口を離すと、彼女の様子をみた。

すっかりと蕩け、エロい表情をしているオーヴェ。

その姿に、すぐにでも挿れたくなってしまう。

彼女のほうもそれを望んでいるようで、足をゆっくりと開いた。

そのエロいおねだりに、俺は姿勢を変える。

肉竿を取り出すと、彼女の身体を横に向け、その後ろへと回った。

横になった彼女を後ろから抱き締めるようにしながら、その下着をずらしていく。

「あっ、アーウェル、んっ……」

そして足を上げると、その膣口へと肉竿をあてがう。

「あぁ……きて、ん、はぁっ……♥」

そのまま腰を進め、膣内を押し広げて侵入していく。

「あふっ、ん、太いおちんぽ♥　ん、中に、あぁっ……」

背面側位のかたちで、オーヴェと繋がる。

熱い膣内は十分すぎるほど濡れており、肉棒を受け入れると喜ぶように締めつけてきた。

俺はゆっくりと腰を動かし始める。

「あふっ、ん、ああっ……♥」

ぬぷっ、ちゅくっ……と卑猥な音を立てながら、肉棒が膣内を往復していく。

膣襞を擦り上げ、奥まで肉棒を届かせる。

「あっ♥　ん、はぁっ……」

後ろから彼女を抱くようにしながら、ゆっくりと腰を動かしていった。

蜜壺がさらに愛液をあふれさせ、吸い付いてくる。

「ああっ、ん、ふぅっ……」

腰の動きは緩やかだが、その分、互いのかたちを感じられる。

蠢動する膣襞を擦り上げ、膣内を往復した。

「アーウェル、んっ……」

彼女の口から漏れる甘い声を聞きながら、抽送を行っていく。

「あっ♥　ん、はぁ、んぅっ……」

腰を動かしながら、彼女の首筋へと顔を埋める。

「んっ、くすぐったい、んぁっ♥」

息を吹きかけるとオーヴェが敏感に反応し、きゅっと膣内も締まる。

俺はその首筋へと舌を這わせた。

「あんっ♥　そこ、くすぐったいわよ、ん、ああっ……」

小さく身体を揺らすオーヴェは逃げようとしているようにも思えるが、おまんこのほうは喜ぶように締めつけてきていた。

俺はその首筋を舐めながら、腰を動かしていく。

「ああっ、変な感じ、ん、くすぐったいのに、すごく、あぁ……♥」

「感じてる？」

尋ねると、オーヴェは恥ずかしそうにしながらもうなずいた。

「んっ……」

その可愛らしい姿に猛りが増し、俺は腰を往復させながら、その胸へと手を伸ばした。

「あぁっ♥」

むにゅりとかたちを変えるおっぱい。

この姿勢では片手しか使えないが、その柔らかな胸を楽しんでいく。

「あっ、そんなにあちこち、んぅっ、いっぱいされると、ああっ♥」

おまんこを往復する肉棒と、首筋を這う舌。そして胸を揉まれて、オーヴェは気持ちよさそうに声を漏らしていく。

「あぁ……♥ ん、はぁ、ふぅっ……♥」

その艶姿にこちらの興奮も高まり、膣奥まで肉竿で犯していく。

「あふっ、ん、ああっ……いろんなところ、んっ、気持ち良くて、ああっ……♥ もう、イっちゃうっ、ん、はぁっ……♥」

彼女がそう漏らし、それを裏付けるかのように膣内も肉竿をむさぼるように締めつける。

その気持ちよさに、こちらも射精欲が増していった。

「オーヴェ」

俺は胸から手を離し、少し姿勢を変えると、大きく腰を動かしていく。

じゅぶっ、ぬちゅっと水音をさせながら、膣内を往復していった。

「あっあっ♥ アーウェルのおちんぽ♥ わたしの中、奥まで擦って、ん、はぁ、ああっ！」

彼女が昂ぶり、その膣内がうねる。

俺は抽送を続け、そのまま上り詰めていった。

「もう、イクッ！ ん、あっあっあっ♥ 気持ち良すぎてイっちゃう、ん、イクッ、あっ、ん、イ

クウゥウゥウッ！」

彼女が嬌声をあげながら絶頂を迎える。

「う、出すぞっ！」

その絶頂おまんこ締め付けを味わいながら、俺も射精した。

「んはぁっ、あっ、中、んっ、出てる、あぁっ♥」

婚約者の膣内に、たっぷりと精液を放っていった。

●

俺が彼女たちとの幸せなハーレム生活を送る一方で、ユークス家を名乗る人間の犯行はいよいよ三大貴族も警戒し始めるまでになっていた。

自身は俺の能力もあって対処できるが、他の貴族たちの不安が大きく、ユークスを名乗る犯人に便乗するような事件も起きたため、積極的に動いていかざるを得なくなったのだ。

そうして貴族全体が協力するかたちで捜査が行われ、俺も何度かその場に加わることになった。

さすがに数多くいる貴族の、すべての使用人たちと顔を合わせるというわけにはいかないため、特に怪しそうだと判断された家に出入りする、という感じだ。

結果として、便乗で犯罪を行った人間たちは何名も捕まえることが出来たが、その大本となるユークスの末裔は見つかっていない。

そうして少し忙しくなりつつも、屋敷に戻れば令嬢たちに囲まれる生活だ。

「おかえり、アーウェル」

「ただいま」

屋敷に戻ると、エストが声をかけてきた。

いつものように、彼女たちは談話室に集まって思い思いに過ごしたり、交流したりしている。

「最近、忙しそうね」

「ああ。まあ状況が状況だし、仕方ないな」

そう言って、彼女たちの顔を見る。

今日はこの後、まだ屋敷の人々と会って確認することがあるのだった。

この屋敷も、三大貴族の屋敷も、一度は安全を確認した使用人しかいないが、人の心や状況は不変じゃない。

だからこまめにチェックする必要があるのだ。

「帰ってきてそうそう悪いけど……」

「ああ。すぐに取りかかるよ。いつもの部屋に呼んで来てくれ」

俺はそう言って、使用人たちと顔を合わせるための部屋へと向かう。

これまでは何もなかった。

そして何もないことのほうがほとんどだ。

それでも、もしかしたら、ということはある。

狙われていることを事前に察知できるのは、強力な武器だ。

それを手にしながら慢心し、隙を突かれるようなことがあってはならない。

俺は数名ずつ部屋にくる使用人たちと顔を合わせていく。

すでに何度も顔を合わせている人たちだ。

当然、これまでなんの問題もなかった人たちである。

入ってきた三人のメイドを眺め、俺はその中のひとりにかすかな違和感を覚えた。

悪意や害意としてはっきりと現れている訳ではない。

しかしよくない兆候が見られる。

この感じは、自身に害意はないものの、だまされて不利益をもたらす、という流れに思える。

強い殺意などはそれこそ同じ屋敷にいればわかるほどだが、このくらい微弱な、本人には悪意のないものだと、こうして顔を合わせて探らないとわからないものだ。

それは本人の意識というより、彼女に近づく何者かの悪意の残り香みたいなものだ。

「最近、変わったことはあったか？」

俺が尋ねると、三人は考えるような仕草を見せた。

「事件と直接関わりなくてもいいけど」

「いえ、報告するようなことは特にありませんね」

最初に答えたメイドは、能力でみても問題がない。

「私もこれといって……出入りする商人の担当者が変わったくらいでしょうか？」

「ああ、その人は俺も会ったな」

出入りする商人も、最初は俺が顔を会わせている。

今は状況も状況なので、極力顔を見に行くようにしていた。

しかし彼には、悪意の兆候はまるで見られていない。

まあ、当然と言えば当然か。

俺の能力は知れ渡っており、しかもこの状況。

どうしようもない事情で担当者を変えるにしても、潔白だと自信をもって言える人間でなければ送り込もうと思わないだろう。

「そうですね。私も特には……」

少し考える時間の長かったひとりも、結局はそう言った。

その彼女こそが微弱な残り香をもつメイドで、特にない、と答えたときにも変化は見られなかった。

つまり、彼女自身は本当に心当たりが、少なくとも今はないような状態だ。

とすると、相手はかなり慎重に、まだ迂遠な方法をとっているのに加えて、彼女が警戒する必要も感じないような、これまでも仕事上で関わりのあった人物か、あるいはまったく仕事の話をしないプライベートの人間か、といったあたりか。

仕事上で関わりのある相手の場合、この屋敷にかかわっているということで、それなら俺が直接顔を合わせることになる。

それなら彼女より先に本人が俺の能力に引っかかるため、プライベートの線だろう。

俺は三人が部屋を出て行くと、この屋敷の執事へと話を通す。

プライベートを詮索するというのはあまり気の進むものではないが、調査は必要だ。

これがユークス家の人間に繋がるのかはわからない。

また便乗で何かを起こそうとしている人間かもしれない。

それにしてはこれまでの者より慎重だが、便乗する人間はそれぞれだし、すでに逮捕者も出ているため、入念だったとしてもおかしくはない。

今回はこの屋敷に仕えるメイドから気配を感じたということで、俺自身も少し動いてみるか。

無論、執事に話を通して三大貴族の人間が動くとなれば、その人数も多く、プロでもあり、俺より慣れているだろう。

それだけで問題なく片がつくとは思うが、俺の能力は通常の調査以上に直接的でもある。

これだけの大事件を起こしている人間だ。

ある程度の距離に近づくことで能力が反応し、相手を追うことが出来る。

調査ではしっかりと下準備をし、それなりに絞った上で確証を得るために調べることになるが、能力にひっかかれば時間を大幅に短縮できる。

状況によっては、能力で怪しい人間を見つけるところまでやって、あとは任せるかたちでもいい。

彼らは証拠をそろえ、しっかりとした手段で逮捕してくれるだろう。

俺はさっそく街へと出ることにした。

この王都は広い。

だが、ひとりの行動範囲というのはそう広くないものだ。

特に住み込みのメイドは、比較的忙しく、貴族の屋敷は立地も特殊であることから、出入りできる範囲は限られる。

屋敷があるのは、城に仕える貴族の邸宅が並ぶエリアだ。

その先にあるのも、比較的裕福な人々が暮らすエリアとなる。メイドがプライベートで出入りできる店などもこのあたりまでだろう。

同じ王都といえど、さらに向こうにある、冒険者などを中心としたリーズナブルなエリアまで行くのは遠いし、危険もあるからあまり現実的ではない。

もちろん、貴族の使いとして冒険者に依頼するときなどは馬車を使って移動するだろうが、プライベートでそうそう街内の移動に馬車など使えるものではない。

メイドに限らず、多くの人間は自身が住むエリアとか、せいぜいその周辺で暮らしている。

王都に住んでいるといっても、実際には行ったことのないエリアばかりだろう。

何か目的があって行こうと思えば行けなくもない場所でも、わざわざ足を伸ばす機会というのはなかなかない。

モンスターもおらず安全に移動できるといえばそうなのだが、徒歩で移動となると面倒なことが多い。

最近の俺自身は、近くである富裕層エリアすらあまり立ち入ることがなくなっていた。

久々の街を歩く。

街中はあちこちへと悪意が飛び交うものだということを、久しぶりに思い出した。

対象を貴族、特に三大貴族に対する悪意に絞って、探りながら歩いていく。

縁もないし当然と言えば当然なのだが、三大貴族を対象に強い気持ちを持っている人間は、まるで見当たらない。

実際にどの貴族が何をしているかというのもわかっていないことが大半だし、多くの人間はわざわざ三大貴族を名指しで悪意を抱かない。

ただ、誰にでもあるだろう様々な生活の不満を、漫然と貴族のせいだとして悪意を持つ人間は多い。

とはいえ、それらは実際に行動を起こすほど強いものではなく、単に自身の至らなさやままならなさを、誰かのせいにしてごまかしているだけだ。

うっすらとした悪意にまみれた街中に嫌気がさしながらも、なんとか歩いていく。

普段暮らす屋敷は、かなりいい環境だというのを改めて突きつけられる。

金持ち喧嘩せず的な余裕の中にいたのだ。

それは使用人たちも同じなのかもしれない。

俺は気配を探りながら、少し裏通りにあるバーへと向かった。

住人の内面はどうあれ、エリアとしてはそれなりの場所なので、見た目は落ち着いている。

客層も穏やかで、酒の席だからと騒ぎ散らしているような人間はいなかった。

無論、叫ばないだけで絡むような口ぶりになっている者はいるが。

しかしその中に、かなり強い反応を見つける。

俺は少し離れた席に着き、そちらの様子を探ることにした。

ひとりなのでカウンターに通されると、対象は背後側に位置するボックス席にいた。

目を向けずとも、能力で相手の位置は把握出来る。

誰かといるようだが、そちらは反応が弱く、後ろ向きでは位置をつかみ損なってしまいそうだった。

メイドも微弱な反応だったし、今はただ、無関係な相手と時間を過ごしているのかもしれない。

強い悪意があるからといって、四六時中それだけの関わりで生きている訳ではないだろうし、そもそも別件の危険人物かもしれない。

俺は背後の気配に意識を向けながら、奴が動くのを待った。

これだけの反応ならば、たとえ人混みで見失ったとしても、すぐに追える。

一度意識してしまえば、多少離れたところで逃すことはないだろう。

そうしてしばらくの時間をバーで過ごすと、背後の気配が動いた。

俺は会計をして、その気配を追うことにする。

街へ出ても、気配ははっきりとしていた。

俺は少し後ろから、その気配を追いかける。

先程はこちらの背後にいたが、今は俺が後ろをとっている。

気配の持ち主は平均的な身長の男で、能力によってつかんだ気配以外は、怪しい雰囲気もない。

このエリアにもなじむ、やや金持ち風で落ち着いた様子だ。

連れと別れた男は、ひとりで道を進んでいく。

普通であれば、このまま家にでも帰るところだろうか。

こちらに気付いた様子のない男は、そのまま歩いていく。

俺は少し距離を置いて、それを追いかけていった。

後ろ姿に思い当たるところはなく、おそらく知り合いではないだろう。俺が向こうの顔を見ても、おそらくピンとくることはない。

しかし、三大貴族への害意がかなり色濃いとなると、もしかしたら相手はこちらのことを知っているかもしれない。

俺はその特異な立ち位置から、貴族界の中ではそれなりに話題にものぼる。

事件の犯人は貴族界に詳しい様子でもあるし、どこかの貴族宅へと紛れ込んでいるのであれば、直接の面識はなくとも俺の顔を知っていてもおかしくはない。

男はどんどん、街の端へと移動していく。

貴族のエリアとは反対のほうだ。

ということは、住み込みで貴族に仕えているわけではないのだろうか。

犯人が貴族と縁を持っているのは確かだが、どの程度かというのはわからない。

相手方の屋敷についていてなどを、軽く出入りする商人にしては詳しすぎる気もするが、それだって不可能というほどではない。

あるいは、今追っている彼もまた、事件に便乗している別人という可能性もある。

いずれにせよ、三大貴族への大きな悪意を持つ以上、対処したほうがいいのは確かだ。

俺は男を追跡していく。

だんだんと人通りの少ない、中心から離れたほうへ向かうので、少し距離を離した。

この先にあるのは何だっただろうか。

繁華街や住宅街ではなく、倉庫などだろうか。

距離を開けつつ、さらに彼を追っていると男は急に周囲を警戒し始めた。

咄嗟に身を隠そうとしたが、いち早く相手が気付き、こちらに背を向けると走って逃げ出した。

俺も駆けだして後を追う。

男は角を回り、その姿が見えなくなる。

だが、害意の気配を追って角を曲がった。

そこにも男の姿はないが、見えずとも気配は追えている。

俺はそのまま男を追うことにした。

全力疾走ではなく、少し足音を控えめに小走りに男を追う。

姿が見えず、ドタバタと足音が聞こえないためか、男は速度を落として進んでいるようだ。

俺は姿を隠しながら、その気配を追っていく。

こちらから向こうは見えないが、その分、向こうからもこちらは見えないだろう。

やがて、少し遠回りをして、男は俺を見つけた地点からすぐ近くの廃倉庫へと入っていった。

急に警戒しだしたのは、目的地に入るところを見られないように、だったらしい。

俺は気をつけながら、その倉庫に足を踏み入れた。

中は薄暗く、男の姿も見えない。

入り口付近は、外から見たとおりの廃倉庫のようだ。

乱雑に物が置いてあり、壊れた何かしらの部品や、穴の開いた木箱などが転がっている。

男はここで何をしているのだろうか？

何にせよ、こんな場所をアジトにしているというのは怪しいものだ。

俺は男の気配を探りながら、倉庫を進んでいく。

入り口付近はそのままといった感じだったが、奥はもう少し手を入れてあるようだった。

いくつかのランプで照らされ、外へ明かりは漏れないが、中にいる分には不自由しない程度の光量になる。

俺としては見つかりやすくなるので、物陰に身を隠しながら様子をうかがう。

男の周りにはたくさんの資料があるようで、こちらか見える一枚はどこかの屋敷の見取り図のようだった。

貴族の屋敷について、詳細を知っている……やはりこいつが事件の犯人なのだろうか？

それ以外には、武器の類《たぐい》もまとめて置いてあった。

短剣や手斧など、小さめの武器が多い。

屋敷に潜入することを考えると、そのほうが都合がいいのだろう。

少し離れた位置に、大きめののこぎりやハンマーなどが置いてあるが、そちらは武器と言うより工具で、別用途なのだろう。

この廃倉庫をアジトにするときなどに使ったのかもしれない。

男は資料を眺めて、考え込むようにしている。

次の計画を練っているのだろうか。

俺が取り押さえようと身構えると、男の気配が変わる。

それはこちらへの害意だ。

俺は素早く構え、男へ視線を向ける。

奴はこちらに気付いたらしく、手近な短剣を手に突っ込んできた。

勢いそのまま、こちらを刺そうする男の動きを冷静に見て、突き出された短剣を躱す。

そしてすれ違いざまに拳をたたき込んだ。

奴は顔を殴られてよろめくも、姿勢を持ち直し短剣を構える。

俺は刃先を視界に収めつつ、相手の手足にも注意を払う。

攻撃に移る際には、どのみち動かす部分だ。

相手の殺意が膨らみ、その反応が色濃くなる。

踏み出して刺しに来るのを見ながら、その腕をとって投げ飛ばした。

男は床にたたきつけられ、短剣を取り落とす。

俺はそれを蹴って遠くへとやると、起き上がりつつある男の顔を蹴りつけた。

靴先に感じる頬骨の感触。

「がっ……」

転がり、うつ伏せになる男にのしかかり、その腕をつかんだ。

ぐっと後ろに回して力を込めると、肩が外れる。

「あぁぁぁぁ！」

野太い悲鳴を上げる男の顔を床に打ちつける。

気味悪い音がして、手に平べったい感触が伝わる。

何度かそれを繰り返し、男の意識がもうろうとしたところで、側にあった道具を使って男を縛り上げた。

「お前、ぐっ……」

意識を取り戻した男が、こちらをにらむ。

鼻が折れ、血まみれになった顔はなかなかに迫力がある。

頬骨が青く腫れており、ひどいものだ。

「おいおい」

俺は縛り上げられた男を、少し離れた位置で見ながら手斧を手に取った。

「なんだその目は。気に入らないな。自分の状況、わかってるのか？」

手斧を軽くもてあそびながら言うと、男は短く悲鳴をあげた。

敵意は霧散し、男は許しを請うように大人しくなる。

痛みは人を支配するたやすい方法である。

喉元過ぎればむしろ憎しみを残す結果になるため、処理してしまったほうが安全ではあるが、こいつが事件の犯人であれば、俺が手を下すまでもない。

今でこそ三大貴族に重宝され、場合によっては護衛までつけてもらえるような立場にしてもらったが、そもそもはそんなきらびやかな世界とは縁のない野良犬だ。

敵意や害意を察知する能力は極めて便利な反面、あくまで察知できるだけ。

腹を隠して探り合うような状況ならまだいいが、より直接的で安易な環境では、敵意を察知したところで対処できなければどうしようもない。

殴られるのがわかっていても、避けるには身体能力が必要だ。

そういう環境で生きてきたから、それなりに覚えはある。

対して、男のほうは幾分上品なところの出だろう。

ナイフの扱いにもそう慣れている様子はなかった。

無論、その辺の人間を殺すには十分だが、冒険者のように戦いを生業にしている人間のそれでは決してない。

本当にユークスに縁のある人間なのかもしれない。

貴族の出でない俺は、昔に取り潰されているユークス家についてはは詳しくないこともあってそのあたりはわからないが、このまま引き渡せば判明することだろう。

俺は縛り上げた男を、貴族たちに引き渡すことにしたのだった。

●

俺が怪しい男を突き出してから数日後。

取り調べの結果、あの男がやはり事件の犯人だったようだ。

聞いたところによると、奴は名乗っていた通りユークス分家筋の人間で、その復讐のために貴族を手にかけていたらしい。

貴族界を騒がせていた犯人を捕まえたことで、俺の評価はさらに上がり、様々な貴族からお礼と挨拶を受けることになり、そのたびに来客を受けていては大変ということで、パーティーが開かれることになったのだった。

貴族のパーティーなど不慣れもいいところで遠慮したいところだったが、これには公爵たちがそろって、「後々付き合うことになるのだし、慣れていくしかない」と言うので、逃げ場がなかった。

どうしても、といえば回避することも出来るかもしれないが、それよりは耐えるほうがいろいろと好都合だろう。

利用価値がメインとはいえ、一応好意的な人の集まりな分けだし、そういう意味では安全だから、社交界に慣れる練習にちょうどいいともいえる。

そんなわけで、俺はしぶしぶパーティーに参加することになったのだった。

参加というか主賓というか、だが。

「アーウェルが苦手そうにしてるのって、珍しいわね」

城で行われるパーティーへの馬車で、オーヴェが面白そうに言った。

「たしかに。わりと何でも余裕でこなすイメージあるね」

エストも横でうなずいた。

「大丈夫ですよ、アーウェルさん」

ノルテは優しく微笑みを浮かべた。

「まあ、実際、始まってしまえば平気なんだろうけどな……」

飛び込む前は不安だが、いざ飛び込んでしまえば存外なんてことはない、ってのはよくある話だ。

そうとわかっていても、やはり飛び込む前は不安なのだが。

元々、能力のこともあって、多少の無作法はお目こぼしを受ける立場にあったし、今回の件でさらに価値が上がったようでその傾向は強まった。

何せ貴族界を脅かしていた相手を処理したのだ。

三大貴族に囲まれていた俺が思っていた以上に、他の貴族たちは犯人に怯えていたようで、その盛り上がりはすごかった。

「それなら、このアーウェルを楽しめてるのは今のうちね」

オーヴェはいたずらっぽい笑みを浮かべる。

「たくさんの貴族に囲まれて困惑するアーウェルが楽しみだわ」

「そんなの見て何が面白いんだ……」

俺の呟きに、オーヴェは笑みを深めながら言った。

「あら、普段は落ち着いたアーウェルが困っている姿とか、ギャップもあって可愛いじゃない？」

「そうか……？」

そんなもの何がいいのかわからないな、と思ったが、オーヴェが困っている姿を想像してみると、それは確かに可愛いかもしれない。

「今、何か邪なことを考えたかしら？」

そんな俺を見て、オーヴェが尋ねてきた。

「いや、そうでもない」

俺は否定しつつ、視線を馬車の外へと向けた。もう城はすぐそこだ。

「どっちにせよ、疲れはするのよね」

エストが城を眺めながら言った。

「それはまあ、そうだろうな……」

「いろんな人が挨拶に来るからね」

エストたちは公爵令嬢ということもあり、やはりそういった場で挨拶を受けることが多い。

今日は、そもそも俺と会うのが目的だし、それ以上に囲まれることになるのだろう。

無論、プラスの感情を向けられること自体は嬉しいのだが、たくさんの貴族に会うとなると、やはり大変ではあるだろう。

そうこうしているうちに馬車は城へと着き、俺はパーティー会場へと向かうのだった。


「アーウェルさん、このたびはありがとうございました」

「犯人を自ら捕まえてしまうとは、さすがですね」

案の定。きらびやかなパーティー会場で、俺は年上の貴族たちに囲まれていた。

連続で挨拶を受けすぎて、もはや顔と名前を一致させるのが困難だ。

ひとりやふたりならともかく、王都にいる貴族のほとんどが初対面の挨拶に来ているわけで。

何人かは顔を合わせたことがある貴族もいるが、それだって一度や二度だ。

調査の際に顔を合わせただけの貴族は、その後に多くの使用人とも顔を合わせているわけで。

何十人かの内のひとりの顔を覚えるというのは、それこそ俺にとっては特殊スキルだ。

「もっと早く出会っていたかったですな」

すでに三大貴族の令嬢と過ごしている俺に、他の貴族が手を出すのは不可能だ。

それは能力だけの時点でも変わらないが、今回の件でますます価値が上がり、その口惜しさも増したようだった。

貴族としての能力はともかく、用心棒としては確かに便利ではあるよな、と自分でも思う。

「ああ、アーウェルさん。私は――」

すでに囲まれている俺の元に、新たな人が現れ――。

俺はパーティーの間中、そうしてたくさんの人と挨拶をし、事件解決について褒められたり持ち上げられたりといった時間を過ごすのだった。

●

そんなパーティーも終わり、俺はくたくたになりながら帰り着いた。

人に酔うってのはこういう状況なのだろうか。

そんなことを思いつつ、屋敷に戻ると一気に開放感に包まれる。

俺は最低限のことを終えると、そのままベッドへと飛び込んだのだった。

ずいぶんと長い時間を過ごしたような気がするが、それは精神的なものであって、実際にはまだそう遅い時間じゃない。

だから眠気はないのだが、多くの人に囲まれてくたびれたため、横になりたかった。

まあ、事前に話していたとおり、こうして乗り越えてしまえば、どうということもない。

今回の事件でさらに周りからの評価は上がったみたいだが、すでに待遇は最高クラスなわけで、大きな変化はないだろう。

これまでとそう変わらない生活が続いていく。

そんなことを考えていると、ドアがノックされた。

「どうぞ」

声をかけると、入ってきたのはエストだった。

「パーティーはどうだった？」

「人に囲まれるのは、やっぱり精神的に疲れるな」

そう言うと、彼女はうなずいた。

「そうね」

エストはこちらに近づきながら、言葉を続ける。

「体力的には？　今日はもう寝たい？」

「いや、そっちはそうでもないかな」

こうしてすでに気心知れたエストと話す分には問題ない。眠気もないしな。

「そうなんだ」

エストはベッドわきまでくると、笑みを浮かべた。

「それなら、疲れたアーウェルを癒やしてあげる」

彼女は言いながらベッドへと上がってくる。

そういう展開なら、俺も歓迎だ。

「普通にマッサージとかしてみる？　それとも、こっちのほうがいいかしら？」

エストの手が俺の股間へと伸びてきた。

ズボン越しに股間を撫でられ、ムクムクと期待が高まってくる。

「あっ♥　ふふっ、こっちのほうがいいみたい」

「ああ」

彼女の手がズボン越しの肉竿をいじり、反応を示したそこをさらに責めてくる。

「これはよーくマッサージしないとね♪」

エストのがもみもみと肉竿を刺激し、気持ちがいい。

「ズボンの中でこんなに膨らんで……ちょっと苦しそうね」

そう言って、彼女は俺のズボンへと手をかける。

そのまま下着ごと脱がせてくるのだった。

「あっ……♥」

跳ねるように飛び出してきた肉棒を目にし、エストが色っぽい声を漏らした。

そして彼女は、そのまま勃起竿に手を伸ばしてくる。

「もうこんなに硬く、熱くなってる……」

彼女の細い指が肉竿をつかみ、軽くしごいてきた。

エストは肉竿を見つめながら、緩く手コキを行ってくる。

「しーこ、しーこっ……こんなにえっちにそそり勃って……」

メスの顔になって肉棒へと顔を寄せてくるエスト。

「れろっ♥」

「うぉ……」

その舌が伸びてきて、亀頭を舐めた。

濡れた舌の気持ちよさに声を漏らすと、エストは妖しい笑みを浮かべる。

「ふふっ、いい反応♪　それならもっと、れろっ、ぺろっ……！」

「あぁ……」

テンションを上げたエストが、裏筋のあたりを舐めてくる。

「ちろろっ……」

舌先で鈴口の当たりを責められ、気持ちよさに肉棒が跳ねた。

「んっ♥　ぴくんって反応したね。れろろっ……」

彼女はさらに舌を動かし、肉竿を舐めていく。

「ぺろっ……ん、れろっ……」

亀頭からカリ裏へと舌を這わせ、そのまま下っていく。

「ん、ちろっ、ぺろっ……つー」

幹を舐め下ろしていき、根元のほうへと向かっていった。

「れろっ……ちろっ、血管が浮き出てて、すごくえっちだね」

彼女の舌が肉竿をなぞり、付け根の当たりを舐めてきた。

「んむっ……」

そのまま、さらに動き、今度は陰嚢のほうへと向かう。

「しわのところを、れろっ……」

彼女の舌先が陰嚢のしわをなぞり、くすぐるように動く。

もどかしいような刺激にむずむずとしてきた。

「ん、すごい……袋の中で、タマタマが動いたね。れろっ」

彼女は舌を大きく伸ばすと、今度は睾丸を舐めた。

舌が睾丸を持ち上げるように下から動いてくる。

「れろっ、ん、タマタマずっしりしてる。働き者のタマタマだね。れろんっ」

彼女たちと身体を重ねるようになってから、性欲が増している気がする。

エロい美女に囲まれ、求められていれば当然のことかもしれない。

「あむっ」

「うぉ……」

彼女は口を開けると、睾丸をあむっと咥え込んだ。

「んむっ、れろろろっ……」

口内に包まれた玉が舌で転がされる。

「あむあむっ……」

そして唇が優しく玉を挟んで刺激してきた。

「れろっ、ころころっ……」

舌で転がされ、温かな口内に包まれる。

睾丸への刺激で、そこがますます精子を増産しているような感覚に陥った。

舌と唇でマッサージされるように睾丸をいじられ、ムラムラとした気持ちが膨らんでいく。

「ん、はぁ……」

彼女はしばらく玉への愛撫を行った後、口を離した。

そして肉竿の根元あたりを唇で挟む。

「んむっ、ちゅぷっ……」

先程よりも強めに唇でホールドし、そのまま先端へと頭を動かしていった。

「ちゅくっ、ん、ふぅっ……♥」

唇が肉竿をしごきながら、上へと動いていく。

「ん、ぱくっ♥」

幹から亀頭をはむはむと刺激し、先端までたどりつくと、今度は正面からそこを咥え込んだ。

「じゅぷっ、ちゅっ、れろっ……」

亀頭が温かな口内に包まれ、鈴口を舌先がくすぐる。

「ん、ちゅぱっ、じゅぷっ……」

彼女はそのまま頭を前後させて、肉棒をしゃぶっていった。

「ちゅぷっ、ん、はぁっ……れろっ♪」

より直接的な刺激に、射精欲が膨らんでいく。

「ん、じゅぶっ、ちゅぽっ、じゅぷぷっ……」

さらに深くまで肉竿を咥え込み、往復していく。

「じゅぷっ、ちゅぱっ、じゅるっ♥」

卑猥な水音と、チンポを深く咥え込むエストのエロさ。

喉の辺りまで咥え込むと、肉竿が口内に包み込まれ、かかる息がくすぐったい。

「ん、ちゅぱっ……じゅるっ……」

エストはフェラを続け、こちらを追い込んでくる。

「う、あぁ……エスト……」

「ん、じゅぶっ……アーウェル、もう出そうなの？」

「ああ」

うなずくと、彼女はさらに積極的に動き、肉棒をしゃぶってくる。

「じゅぶぶっ、ちゅぱっ、じゅるっ、ちゅぅぅっ♥」

「うぁっ！」

バキュームを織り交ぜてフェラを行うエスト。

その気持ちよさに、限界が近づく。

「ん、じゅぶっ、先っぽが張り詰めてる、ちゅぅぅっ！」

「ああっ、出るっ……！」

「じゅるるっ、じゅぶじゅぶっ！　出していいよ、れろっ、ちゅぶぶっ、じゅるるるるっ！」

「おぉっ！」

エストが吸い付き、そのバキュームの快感のまま俺は放出した。

「んんっ♥　んくっ、じゅるっ、ちゅぅっ♥」

彼女は飛び出した精液を口で受け止め、さらに飲み込みながら吸い上げてくる。

俺は吸われるままに精液を出していった。

「んぐっ、ん、じゅるっ、ちゅぅっ……♥　ごっくん♪」

そして精液を飲み干した彼女が、口を離す。

「すっごい出たね♥　あたしのフェラ、気持ち良かった？」

「ああ……」

俺は気持ちよさの余韻に浸りながらうなずいた。

「よかった」

上機嫌に言った彼女は、つんつんと肉竿をつついた。

射精後の敏感な肉竿には、それでも十分な刺激だ。

「でも、まだ寝かせないわよ」

そう言った彼女は、自らの服に手をかける。

そして俺の目の前で大胆に脱いでいくのだった。

俺は仰向けに寝そべったまま、そんな彼女を眺める。

自分で脱がせるのももちろんいいが、こうして脱いでいる姿を眺めるのもいいものだ。

ぱさり、と服が落ち、彼女の魅力的な身体があらわになる。

全体的なシルエットは小柄で細く、顔立ちと振る舞いもあって幼くも見えそうなエスト。

しかしその大きなおっぱいは、彼女が子供ではないと強く主張していた。

そして今は、発情した表情もまた、まぎれもなく女のものだ。

「本番はこれからなんだから」

彼女はそう言うと下着を下ろしていった。

ずり下ろされるショーツを眺めていると、そのクロッチ部分が淫らな糸を引く。

彼女のアソコはもう濡れて、はしたないほどの蜜をあふれさせていた。

「あたしのここに、しっかりアーウェルの精液、注いでもらうからね」

そう言って、指先でくぱぁと割れ目を広げるエスト。

ピンク色の内側がいやらしくヒクついているのがわかる。

そしてとろりとあふれてくる愛液。

そのドスケベな光景に、出したばかりの肉棒がぐっと反り返る。

淫らなメスを前にして、オスの本能が滾っていくのを感じた。

「ふふっ、ここ、すっごいいやらしくビンビンになってる♥」

エストは勃起竿をうっとりと眺め、こちらに跨がってきた。

「ん、しょっ……」

生まれたままの姿で俺に跨がるエスト。

足を開く姿勢であらわになっているおまんこを見上げていると、彼女は俺の肉竿をつかみ、深く腰を落としてきた。

「あふっ、んんっ……」

そのまま、自らの膣口へと肉棒を導き、あてがう。

熱く濡れた陰唇が肉竿に触れ、そこを押し広げる。

「んぁ……はぁ……」

彼女が腰を下ろしていくと、肉棒が膣内に飲み込まれる。

ぬぷ、ずちゅっと卑猥な音をたてて、肉竿が奥へと埋め込まれていく。

「あっ、ん、はぁ……♥」

俺の上に跨がり、繋がった彼女は、そのまま腰を動かし始めた。

「んっ、ふぅっ……」

膣道が肉竿を擦り、刺激してくる。

熱く濡れた蜜壺の中は気持ちがいい。

緩やかに腰をグラインドさせるエスト。

その膣内を感じながら、気持ちよさに浸っていく。

「あっ、ん、はぁ……アーウェルのおちんぽ、んっ♥　あたしの中をいっぱい、んぁ……」

彼女は声を上げながら、腰を動かしていった。

蠕動する膣襞が肉竿を擦り上げ、快感を送り込んでくる。

「あふっ、ん、はぁ、ああっ！」

嬌声をあげる彼女も盛り上がってきたようで、腰の動きを変化させていった。

「ん、しょっ、はぁ、んぁっ♥」

俺の上に体重を掛けたエストが、大胆に腰を振っていく。

うねる膣内が肉竿をしごきあげて、止めどない快感を繰り込んできた。

「んんっ、はぁ、ふぅっ♥」

俺はその気持ちよさに身を任せながら、彼女を見上げる。

普段から目を惹く大きなおっぱいが、彼女のピストンに合わせて弾んでいる。

柔らかそうに揺れる双丘はエロく、その光景に見とれるのだった。

「あふっ、ん、はぁっ、あぁぁっ！」

感じながら腰を振っていくエスト。

その激しさに合わせて弾む巨乳のエロさ。

俺は揺れるおっぱいを見上げながら、彼女の膣内にしごき上げられていく。

「ん、はぁ、アーウェルのおちんぽ♥　あたしの中をズンズン突いてきて、ん、いいっ……♥」

彼女はあられもない声をあげながらピストンを続けていく。

「あふっ、ん、あぁ♥」

自分でも止められなくなったのか、激しく腰を振るエスト。

そんな彼女へ向けて、俺も腰を突き上げた。

「んはぁぁぁっ♥」

急に秘唇を突き上げられた彼女は、のけぞりながら嬌声をあげた。

おまんこがきゅっと収縮し、肉竿を締めつける。

「あぁっ……！　ん、急にそんな、ん、あうぅっ♥」

俺は下から彼女の膣内を突き続け、奥まで肉竿を届かせていく。

「うぁ♥　や、だめぇっ……♥　そんなに、んぁ、突きあげられたら、あっ♥　もうイクッ！　ん、イっちゃうっ♥」

嬌声をあげて乱れる彼女も、その身体を大きく動かしてくる。

膣内が肉棒をむさぼるように絡みつき、しごき上げる。

「あぁっ♥　ん、はぁっ！」

その気持ちよさに、俺のほうも射精欲がこみ上げてきた。

彼女は快楽のまま腰を振り、ラストスパートをかけてくる。

「んくぅっ！　あっあっあっ♥　もう、イクッ！　あふっ、イっちゃうっ！　んぁ、あっ、イクッ、イクウゥゥゥゥッ！」

大きく身体を跳ねさせながら、エストが絶頂を迎えた。

「あふっ、ん、ああっ♥」

「う、ああ……！」

絶頂おまんこが肉棒を締め上げ、精液を搾りとろうと蠢く。

その快感に耐えきれず、俺は射精した。

「あぁっ♥　おちんぽ、ビクビク跳ねながら、んぁ♥　あたしの中に、熱いせーえき、びゅくびゅく出してるぅっ……♥」

中出しを受けたエストの膣内が、余さずにそれを受け止めていく。

俺が精液を出し切ったあとも、彼女は余韻を感じるかのようにじっと止まっていた。

「ん、ふぅっ……♥」

息を吐くエスト。

そのおまんこは、射精を終えた肉竿を咥え込み、きゅっきゅと刺激してくる。

「あぁ……♥　あたしの中が、アーウェルでいっぱいになってる、んっ……」

彼女は艶めかしく言うと、ひと呼吸を置いて腰を上げていった。

「んっ♥」

引き抜く際にも、ぐりゅっと膣襞が擦れて彼女が声を漏らす。

肉竿が抜けると、彼女のおまんこからは混じり合った体液が垂れた。

その様子もエロくていいものだ。

エストは肉棒を抜いた後、そのままこちらへと倒れ込んできた。

俺はそんな彼女を抱き留める。抱きついてきた彼女の温かさと柔らかさを感じた。

先程見上げていた魅惑的なおっぱいが、俺の身体で柔らかくかたちを変える。

エストに抱きつかれながら、行為の余韻に浸るのだった。

第五章　令嬢ハーレムの完成

事件も解決し、これまでの反動で貴族界は緩やかな空気に包まれているようだった。

終盤は三大貴族といえど、下からの突き上げで事件にかかわらざるをえなかったこともあり、それだけの事件が解決したことで一安心、といった雰囲気だ。

なかなか見つからなかった犯人を捕らえたのが俺だということで、貴族全体からの視線も変わっていた。

これまでは、その能力こそ評価されても、どこの馬の骨ともしれない俺に対して否定的な者も多かった。

しかし貴族界全体を脅かしていた犯人を捕らえたことで一転、これまでは否定的だった貴族たちも俺に感謝してくれているようだ。

現金なものではあるが、嫌われているよりは好かれているほうがいい。

様々な貴族から接触を望む声があり開かれたパーティーは、慣れない多くの人との挨拶に疲れたものだが、それも終わり、やっと一段落ついていた。

俺は三人の令嬢たちに囲まれる生活を続け、昼は使用人たちとの顔合わせ以外はのんびり、夜は彼女たちに求められる日々を送っていた。

そんなある日、俺は公爵たちに呼び出されていた。

今度はオーヴェたち三人も一緒だ。

今は四人そろって馬車に揺られている。

「全員っていうのは珍しいな」

「そうね。まあ、なんとなく想像はつくけれど」

オーヴェはそう言って、小さく笑みを浮かべた。

「そうなのか？」

俺はそこまで予想が出来ているわけでもなく、どんな用事だろうかと考える。

が、オーヴェの様子から言って悪い話ではなさそうだ。

事件解決の件でいろいろと評価も変わったし、そこに関連するのだろうか。

「む、オーヴェだけわかってるっていうの、落ち着かないわね」

エストは俺同様、用件に心当たりがないみたいだ。

「行ってみればわかりますよ」

ノルテも内容を把握しているわけではなさそうだが、落ち着いた様子だった。

「それもそうか」

考えたところでどうにか出来る問題でもないだろうしな。

俺も開き直って、公爵たちから話を聞くのを待つことにするのだった。

そうしている内に馬車は屋敷へと着き、応接室へと向かうのだった。

応接室で三公爵と顔を合わせると、やはりオーラのようなものを感じる。

ちょっとした挨拶と雑談が挟まってから、いよいよ本題が切り出された。

「事件を解決した件で、他の貴族からもアーウェルの評価が高まってな」

「それで、アーウェルに貴族としての地位を与える準備が早まり、無事に整った」

「ありがとうございます」

形式的に応えながら、内心驚いていた。

国自体も平和な現在、土地が増えることもないので、新たな貴族家は必要ない。

むしろどちらかと言えば、増えるだけ面倒と言えば面倒な状態だ。

そんな中で、貴族家の出身などではない俺を、わざわざ新たな貴族家として立てることになるとは……。この婚姻であっても、あくまで三家のいずれかに入るものと思っていた。

もちろん、土地を持つ貴族ではなく、王都で働く宮廷貴族的な身分を形式的に与える、ということなのだろうが。

それでも、そうそう増えるものではないから驚きだ。

「そこで、こっちの話も本格的に進めようということになってな」

「アーウェルには、三人と結婚してもらい、今の屋敷にそのまま暮らしてもらうことにしようと思う」

「すべき仕事は基本的にこれまで通りだ」

基本的な俺の仕事は、定期的に三大貴族の屋敷を回り、使用人に害意がないか確かめること。

「貴族としての付き合いや振る舞いなどは、娘たちに任せてもらえればいい」

「他の貴族と顔を合わせる機会というのは増えるだろうが、そこは重く考えなくてもいい」

「頻度自体そこまで多くはならないし、慣れていくだろう」

生活自体は、今とそう大きくは変わらないらしい。

すでに恵まれ過ぎているくらいだし、そこに異存はないが……。

俺は三人へと目を向けた。

「いよいよですね」

ノルテは結婚に乗り気なようで、上機嫌だ。

「あたしが一番じゃないのはあれだけどね」

エストはそう毒づくものの、表情は穏やかだった。

「ま、遅すぎるくらいよね」

オーヴェは予想していたようなので、当然、といった雰囲気だった。

庶民が、三大貴族の令嬢三人と一気に結婚……とんでもない話だが、彼女たち自身が納得しているようだし、俺としても彼女たちとの生活は気に入っている。

ロマンとか男の夢とか飛び越えるくらい贅沢な話だ。

こちらとしても大歓迎だし、どのみち三大貴族が決めたことであれば、それをどうこうする力なんてあるはずもない。

俺は上手くいきすぎていると感じながらも、その話を受けることになったのだった。

「それじゃ、さっそくこっちで準備を進めておこう」

「スケジュールが決まったら連絡するから、それまで引き続き頼むぞ」

そう言われ、俺たちは応接室を出るのだった。

廊下に出て、そのまま出口へと歩いていく。

「ようやく、本当に結婚できますね」

ノルテが微笑むと、俺の腕に抱きついてくる。

彼女の爆乳がむにゅんっと俺の腕を柔らかく包んだ。

「焦って決めないでいたら全部手に入るって、なんだか童話みたいね」

そう言いながら、オーヴェが反対から抱きついてくる。

「あ、ふたりとも……えいっ！」

そして左右を塞がれたエストは、後ろから飛びついてきた。

「うぉっ……」

三人に抱きつかれ、物理的に囲まれる。

歩きにくいことこの上ないが、なんだか幸せでもあった。

自分たちが暮らす屋敷ならともかく、ここはセプテント家なのだが……まあいいか。

そうして彼女たちに抱きつかれたまま、屋敷へと戻ることになるのだった。

後日、爵位を賜ることになった俺は、城を訪れていた。

特別執事として取り立ててもらうだけでも別世界だったが、貴族になってしまうとはな……。

爵位を賜るための儀式は玉座で、様々な貴族たちも集まる中で行われる。

昔だったらアウェーだったかもしれないが、今は風向きがよく、ほとんどの貴族が好意的だった。

事件を解決したことも大きいが、もう一つ、もっと利己的なものとして、爵位を持つことによって俺が三大貴族の使用人ではなくなる、というのも大きい。

もちろん、令嬢たちとの結婚が同時に行われる俺は、三大貴族の庇護下にある、という点はかわらない。

同時にこれからは、貴族でもある。

他家の使用人ほどガードが堅いわけでも、声をかけるのが非常識というわけでもなくなるのだ。

多少は親交を深めやすくなる。

なんだかんだと理由を付けて声をかけられるようになるわけだ。

まあ、それは立場上の話であって、実際は少なくともしばらくは、三大貴族の使用人時代と変わらないだろう。

俺自身も、そのほうが都合がいいしな。

ただ、それでも利益を考えれば歓迎すべき状態というわけだ。

理由がわかる分、その反応にも納得できる。

俺はそんな貴族たちに見守られながら、手順通り、玉座に近づいて跪く。

そして王様が立ちあがり、俺のすぐ側まで歩いてきた。

「アーウェル」

「はい」

名前を呼ばれ、返事をする。

「汝はその能力と実績をもって我が国に――」

そこからは、長く形式的なセリフが続く。

要するに「成果への褒美として伯爵位を与える。これからは国に尽くすように」という内容だ。

俺はそれに対しても形式通りの返答を行い、王様が鞘に入ったままの剣を俺の肩に添える。

そしてまた任命の言葉を述べ、晴れて俺は伯爵になったのだった。

まあ、伯爵といっても土地がある訳でもなく、王宮で政治に携わるわけではない。

そのあたりは専門じゃないしな。

「では次に、オキデンス家令嬢オーヴェ、セプテント家令嬢ノルテ、オリエー家令嬢エストとの結婚について、王の名の下に――」

そのまま、彼女たちとの結婚を王として認める、といった内容の言葉が続き、正式に彼女たちと婚姻関係になることが告げられる。

彼女たちも受け答えをし、程なくして婚姻の儀式も終わった。

まだ慣れない城や、周囲の貴族たち。そして普段とは違う雰囲気への緊張はありつつ、時間にしてみれば比較的あっさりと、伯爵位の授与と結婚の話が終わった。

別途、派手なお披露目パーティーを開くことなどはあるが、手続き上の正式な結婚に関してはこれで完了だ。

儀式が終わり、俺たちは後ろへと下がる。

そして馬車へ乗り、屋敷に戻ることになるのだった。

●

王から爵位を賜り、彼女たちと結婚した俺だったが、日常はそう大きくは変わっていない。

爵位自体、大きな事件を解決したことへの報償と、三大貴族の令嬢と結婚するために必要な地位という感じだったしな。

あらかじめ言われていたとおり、俺に期待されるのはこれまで通り使用人たちと顔を合わせることであって、貴族としての仕事ではない。

ここ最近は貴族界も平和になり、俺も定期的な巡回くらいですんでいた。

そのため、のんびりとも出来る。

結婚後も、暇な時間を談話室で過ごすのは変わっていない。

今日も四人そろって、それぞれに好きなことをして過ごしていた。

「アーウェルさん、湖のほうへ行ってみませんか？　せっかく平和になったんですし」

「湖か。いいな」

俺はうなずいた。

基本的に、俺は貴族エリア以外、隣の地区に買い物や散歩に出ることがあるくらいで、それより向こうへ足を伸ばすことはない。

使用人はプライベートで馬車を動かすことがないしな。

ただ、仕事こそ変わらないものの、今の俺はかたちとしては貴族であり、自由に動かせる馬車もある。

街の端や外へも、気軽に出かけられるのだ。

「これまで、あまり外に出る機会もなかったしな」

「少し前までは、物騒でしたしね」

ノルテも頬に手を当てながら言った。

「でも、今なら大丈夫です」

「ああ、そうだな」

「いいわね、それ」

エストが興味を示して、食いついてきた。

「それじゃ、今度みんなで行きましょう♪」

ノルテが言って、エストがうなずいた。

みんなで外へ出かけるというのは、改めて平和なことだな、と思うのだった。

●

馬車を走らせ、俺たちは湖の側へ来た。

木々の茂るなだらかな坂道の先。

湖の周辺は少し開けて広場のようになっている。

街の外ということもあって、人の気配はなく、風が木の葉を揺らす音と小鳥の声だけが聞こえる。

山道そのものは、特に朝方などは荷物を積んだ馬車が走るものの、湖のほうまで迂回する人間はまずいない。

山へ薬草などを摘みに来る人は比較的近くを通ることもあるのかもしれないが、わざわざ湖に足を伸ばすことはないようだ。

だからここを訪れるのは、王都に暮らす貴族くらいらしい。

それも、わざわざ街の外へ出るというのはそんなにメジャーな娯楽でもないようだ。

令嬢たちは互いの屋敷でお茶会をするほうが一般的だし、子息も湖でのんびり、とはあまりならないらしい。

元が貴族でない俺だが、城や貴族エリアで屋敷の中に入りっぱなしだと、こうして自然に囲まれることもない。

貴族の庭園は立派なものも多いから、それで事足りるのもわかる。

ともあれ。

俺たちは湖で昼食を取り、一日を過ごすことにしたのだった。

「んー、たまにはこういうのもいいよね」

エストが伸びをしながら言った。

「そうね。ここまで解放的なことってさすがにないし」

オーヴェがうなずく。

いくら貴族の庭園が広いといっても、見渡す限りの大自然であるこの光景には敵わない。

一緒に来たメイドたちが椅子を用意してくれて、俺たちはそちらに移動した。

湖をゆったり眺められる絶好のロケーションだ。

飲み物を用意した彼女たちは次に、昼食の準備に取りかかってくれる。

さすがに、こちらはまだまだ時間がかかりそうだ。

「オーヴェ、せっかくだし勝負しましょ」

「わざわざ外にきたのに、相変わらずね」

オーヴェは呆れたような返事だが、それでも断ろうとはしないあたり、なんだかんだ勝負に乗り気なようだった。

「仲がいいですね」

ノルテはそんな彼女たちを見て微笑みを浮かべる。

「ああ」

俺も微笑ましい気持ちで、ふたりを眺めた。

「私たちは、少しお散歩をしませんか？　こうして外に出る機会も珍しいですし」

「ああ、いいな」

ふたりは勝負し出すと熱中するだろうし、ノルテの言うとおり、外へ出て歩くという機会はなかなかない。

メイドたちに一声かけて、周囲を散歩することにしたのだった。

周囲には人もおらず、危険な動物もいないし、何かあったとしても大抵のことは俺が対処できる。

一応、今は俺自身も貴族ということになってはいるものの、元はお嬢様の護衛を務めていた立場なので、メイドたちが心配するような状況ではない。

実は護衛としての意味でも、俺はこんなときは執事服のままだった。彼女たちからは意見されるが、貴族の服よりこのほうが動きやすいし、危険察知への意識も高まるのだ。

あとは、あえて言うならば、ここに残るオーヴェとエストのほうが心配ということになるのだろうが、このような外出のときは、メイドたちも腕が立つ者が選ばれている。人数も多いしな。

俺とノルテは、湖を眺めながらゆるゆると歩いていく。

「そういえば、ふたりきりって最近は珍しいですね」

「ああ、そうだな」

夜は別として、昼間は基本的に四人で過ごすことが多い。

全員はそろわないときでも、一番席を外す機会が多いのが俺だから、彼女たちは一緒にいることが多い。

俺と二人でも、屋敷の中であれば誰かしら使用人が付いていてくれていることがほとんどだ。

今のように、視界にお互いだけという状態はまずないな。

「アーウェルさん♪」

すると、ノルテが俺の腕に抱きついてくる。

彼女の体温と、押しつけられる爆乳の柔らかさを感じた。

むにゅっと押しつけられるおっぱいに腕が埋もれる。

その感触を堪能していると、ノルテはいたずらっぽい笑みを浮かべた。

「なんだか、ドキドキが伝わっちゃいそうですね」

少し恥ずかしそうに言う彼女に、思わず高まってしまう。

俺たちはのんびりと歩き、湖から軽く森の中へと入っていった。

木々に囲まれていると、なんだか健やかな気分になる。

俺が貴族の屋敷に出入りするようになったのは数年ほど前だが、それ以前だって王都にいた。

だから庶民とはいえ、自然が懐かしいというわけでもないんだがな。

ノルテに抱きつかれながら森の中を散歩していくと、彼女は甘えるように頭をこちらへと預けてくる。

そうして身を寄せられていると、こちらも当然意識してしまい、腕に当たる胸の感触へと注意が向いていく。

一度そちらへとスイッチが入ると、外だというのにムラムラとしてきてしまった。

「アーウェルさん」

彼女は少し潤んだ瞳で俺を見つめた。

そして片手を俺の身体へと這わせてくる。

彼女の細い指が身体をなぞり、こちらを高めてくる。

その焦らすような動きと、押し当てられる胸に、血液が股間へと集まっていく。

それに合わせて、ノルテの指も股間へと向かっていった。

「アーウェルさんのここ……」

彼女の指が、ズボン越しに肉竿に触れる。

軽く撫でるようにした後、勃起してズボンを押し上げるそこをつかんだ。

「うっ……」

「すっごく硬くなって、ズボンを押し上げてますね」

指がきゅっきゅと肉竿を刺激した。

「こんなに大きくなってたら、苦しいですよね」

彼女はそう言いながら、さらにいじってくる。

俺たちは道をそれて、木が生い茂るほうへと向かった。

そして道から見えない位置まで来ると、ノルテが俺のそばにかがみ込んだ。

「今、楽にして差し上げますね♪」

そう言って、彼女は俺のズボンへと手をかける。

「えいっ♪」

楽しそうに言いながら、勢いよく下着ごとズボンを脱がせてくる。

肉竿が跳ねるように現れると、彼女はすぐ側でうっとりとそれを見つめた。

「わ、逞しいおちんぽ♥」

彼女は至近距離で肉棒を見つめる。

それだけでもムラムラとしてくるが、貴族令嬢と野外でという非日常的なシチュエーションが興奮を加速させていく。

「アーウェルさん、お外でこんながチガチなおちんぽを出して……すごいです……」

ノルテがそうさせたのだが、彼女はすっかりと肉棒に夢中なようで、熱い視線を送ってきていた。

彼女のほうから誘ってきたくらいだし、先に発情していたのだろう。

「なんだかドキドキしますね……」

そう言いながら、ノルテは胸元をはだけさせた。

彼女の爆乳がたぷんっと揺れながら現れる。

そのおっぱいを見つめていると、彼女が持ち上げるようにアピールしてきた。

「このおっぱいで、んっ、アーウェルさんのおちんぽを、えいっ♥」

「うぉ……」

彼女の爆乳が肉棒を挟み込み、柔らかな双丘がむにゅっと押しつけられる。

股間の前に膝立ちになり、肉棒を挟み込むノルテのおっぱい。

ボリューム感たっぷりの爆乳が、肉竿を縦に挟みこむ。

「ん、しょっ……」

彼女は左右から手で押すようにして、おっぱいを寄せていく。

チンポの先端が、谷間の向こうにある彼女の肋骨に触れて硬さを感じ、竿の部分は極上の柔らかさに包み込まれた。

「アーウェルさんのおちんちんを、私の胸に埋めて、ん、ふぅっ……」

彼女はそのまま手を動かし、胸をこねるように揺らしていく。

肉棒は円を描くおっぱいに刺激され、乳圧が上がったり下がったりするのが心地いい。

彼女はそのまま胸を動かして、肉竿を刺激してくる。

俺は木に背中を預けながら、彼女の縦パイズリを味わっていった。

「ふぅっ、んっ……」

爆乳が肉竿を包み込み、むにゅむにゅと刺激してくる。

肉竿はおっぱいですっかりと隠されてしまっていて、大きな胸が柔らかくかたちを変えていく様子を眺めた。

「はぁ、お外でこんな、んっ……」

野外での行為は、アブノーマルな気持ちよさがある。

本来、服を着ていなければいけないところで、チンポとおっぱいを丸出しにして、愛撫を行っているのだ。

「はぁ……ん、ふぅっ……」

彼女は胸を動かし、肉竿を刺激してくる。

「誰も通らないだろうけど、絶対じゃないしな」

「んんっ……そうですね。もしかしたら、誰か来てしまうかもしれません、あっ……♥」

人が来るかもしれないスリルに盛り上がったのか、ノルテは艶めかしい声をあげて、さらにパイズリを盛んに行っていった。

「ん、はぁ……アーウェルさん、んっ……」

彼女の爆乳縦パイズリは心地よく、同時にもっと直接的な刺激が欲しくなる。

愛撫を行うノルテのほうも十分に発情した様子なので、俺は声をかけた。

「今度は、ノルテが木に手をついてくれ」

「ん、はい……♥」

俺の言葉に、彼女は顔を赤くしながらうなずいた。

爆乳から肉竿を解放すると、立ち上がって側の木へと手をつく。

「お尻を突き出して」

「はい……あっ♥」

彼女は腕を伸ばして、お尻を突き出した。

丸いお尻がこちらへと向けられ、短いスカートがまくれ上がる。

俺はそんな彼女の割れ目へと指を伸ばした。

「んぁっ♥」

ノルテのそこはもう濡れており、割れ目をなで上げると、愛液がしみ出してくる。

俺は彼女の下着をずらすと、爆乳に包まれて最高潮に猛っている肉棒を、その膣口へと押し当てた。

「アーウェルさん、ん、硬いのが、私のアソコに当たってますっ、んっ……♥」

「ああ、このままいくぞ」

「はい、来てください、ん、ああっ♥」

ぐっと腰を進めると、濡れた蜜壺に肉竿が飲み込まれていく。

膣襞をかき分けながら奥へと向かう肉棒が、スムーズに迎え入れられていった。

「あふっ、ん、入って、来ました。あぁ……♥」

エロい声を出して、きゅっと膣内を締めてくるノルテ。

俺はそんな彼女に向けて、緩やかに腰を動かし始めた。

「んはぁっ……あっ、んっ……」

膣襞を擦り上げながら、中を往復していく。

「あふっ、ん、はぁ……」

森の中、彼女の嬌声が響く。

おまんこに肉棒を咥え込み、喘ぐノルテ。

それは夜の寝室であってもエロくそそるものだが、場所が野外となるとその異常さもあいまって、余計に淫猥だ。

木に手をついて、お尻をこちらに突き出した格好の彼女。

木漏れ日が俺たちを照らし、木の葉の音も外であることを突きつけてくる。

そんな中で、おまんこにチンポを突っ込まれ、気持ちよさそうに声を漏らしている。

俺はその細い腰をつかみながら、抽送を行っていく。

「んはぁっ♥　あっ、アーウェルさん、ん、ふぅっ……」

「外でこんなことして感じるなんて、ノルテは本当にドスケベだな」

そう言ってやると、きゅっと膣内が感じるように締まった。

「あぅっ、は、はい……私は、んぁっ♥　お外で、おまんこ突かれて、感じるドスケベです……んあっ♥」

口にした彼女は、それでさらに感じたのか、蜜壺から愛液があふれてきた。

同時におまんこも収縮し、肉竿を責めてくる。

「うぉ……」

「あぁっ♥　アーウェルさんっ、ん、はぁっ、私、ん、あぅっ。お外で、あっ、おちんぽ挿れられて、あっ、ん、イっちゃいそうですっ……」

ノルテは嬌声をあげながら言って、身体を揺らした。

俺はさらにペースを上げて、そのおまんこを突いていく。

「んぁっ！　あっあっあっ♥　ひぅ、ん、お外で、んぁ、気持ち良くなって、あっ、イっちゃうっ、ん、はぁっ♥」

野外プレイに昂ぶり、喘いでいくノルテ。

俺も興奮してしまい、その膣内を乱暴にかき回して上り詰めていく。

「ああっ、ん、あっあっ、イクッ♥　んぁ、はぁ、あぅっ、イクッ、ん、イクイクッ！　イックウウゥウゥッ！」

ガクガクと身体を揺らしながらノルテが絶頂を迎える。

膣内が収縮し、精液を求めるように肉棒を締めつけた。

「ノルテ、出すぞ！」

「あふっ、んぁ、今、イってるのに、あっ♥　熱い精液、あっ♥　中に出されたら、ん、はぁっ、ふぅっ♥」

彼女のおまんこは期待するようにうねり、肉竿におねだりしてくる。

その淫らなおまんこの締めつけに耐えきれず、俺は限界を迎えた。

びゅるるっ、びゅくっ、どぴゅっ！

俺たちはもう、正式に夫婦なのだ。彼女の中に、子作りの本能で精液を放出していく。

「んはぁぁあっ♥　あっ、中、アーウェルさんの、んぁ、子種汁、でてるっ、んぁ♥　おちんぽビクビク震えながら、あぁ……勢いよく、んぅっ♥」

中出しを受けて、彼女がさらにイったように震える。

膣道が肉竿を締めつけて、精液を搾りとってきた。

俺はその中に気持ち良く、何度も何度も精液を注ぎ込んだ。

「あっ、ん、はぁっ……♥」

快感に声をあげ、彼女の身体が沈む。

俺は後ろから抱き締めるように支えて逃がさず、その膣内をさらに白濁で満たしていくのだった。

「あふっ、ん、はぁ……♥　たくさん……出していただきました……♥」


力の抜けた彼女が回復するのを待って、俺たちは湖に戻った。

服装の乱れなどから、何をしていたかはあっさりとばれてしまい、ふたりからジト目で見られたのだった。

「外でするなんて、すごい度胸ね」

「誰もいないとはいえ、ねえ……」

「ふふっ、つい、我慢できなくなってしまって」

ノルテはまんざらでもなさそうに言い、ふたりも毒気を抜かれていく。

「周りにはちゃんと、気をつけなさいよ」

オーヴェはそう言うと、小さく息を吐いた。

「外でか……それも新しいわね」

「本来なら、知る必要のない新しさよ」

野外の行為に興味を示したエストに釘をさすオーヴェ。

「ま、まあ、ちょっと恥ずかしそうだよね」

エストは顔を赤くしながら言った。

「もし見つかったら大変ですしね」

しれっとノルテが言って、メイドのほうへと向かった。

行為後の痕跡はまだあるわけで、身支度をしにいったのだろう。

「アーウェルもいってらっしゃいな」

オーヴェに促されて、俺もノルテの後を追うのだった。

●

今日はオリエー家の屋敷へと顔を出して使用人と顔を合わせてきた。

当然というか、いつものように何事もなかった。使用人は誰ひとりオリエー家に敵意など抱いておらず、真面目に仕事をしていた。

定期的に見回っていることもあり、問題などないのがほとんどだ。

なにかしら不満がある者がいたとしても、俺に見抜かれるのがわかりきっているので、あの事件後はさらに使用人たちも気を引き締めたようだった。

公爵家クラスとなると、使用人も貴族の子女たちだ。

そのため、害意とまではいかずとも、万一にも不満を抱いてしまって俺の能力に引っかかるぐらいなら、実家のためにも自分から辞めていくだろう。

追放されれば実家にもダメージがおよぶので、そのほうが賢明だ。

そうして辞める人間までは、厳しく追及していくということもない。

ともあれ。

そんな訳で仕事を終えた俺は屋敷に戻ってきて、いつものように談話室で三人と過ごす。

もう三人と結婚しており、彼女たちも互いを知り合う必要というのもないのだが、これまでの習慣もあって、なんだかんだで一緒に過ごしている。

今日もオーヴェとエストが、勝負をしていた。

彼女たちは事あるごとに様々なもので対決をしているようだが、手軽ということもあってか、チェスが一番多い。

今日も無難にチェスをしているようで、かなり静かだ。

勝負の内容によっては賑やかなこともあるので、側でくつろいでいる身としても、まあチェスが一番安全だと言える。

ふたり用だから、巻き込まれることもないしな。

もちろん、たまに巻き込まれるのは、楽しいから歓迎だ。

しかし、彼女たちの熱量に毎回毎回付き合わされていると、身体がもちそうにない。

「チェックメイト」

「うー！」

今日もオーヴェが勝ったようで、エストがうなり声をあげた。

そんなエストへ勝ち誇ったような笑みを見せた後、オーヴェがこちらへと目を向ける。

「アーウェルもやる？」

「いや、相手にならんだろ」

彼女たちがどのくらい上手いのかというのは、素人の俺には正直よくわからない。

だが、自分では歯がたたないことくらいはわかる。

カードのように運が大きな割合を占めるゲームなら、多少は実力に差があっても楽しめるが、チェスではどうしようもない。何回やっても結果は同じだろう。

もちろん、それもやり方や目的次第で、強くなるために指導してもらう、というような姿勢が俺のほうにあれば変わってくるのだろうが。

普通に遊ぶ分には、まともな展開にはまずならない。

「そういえば、ふたりってずっとそうやって競ってるんだよな」

「そうね」

「仲いいですよね」

ノルテも笑みを浮かべながら、そう言った。

負けたばかりのエストだけは、まだ悔しがっているようだ。

「最初の切っ掛けはなんだったんだ？」

尋ねると、オーヴェは考え込む間もなく答える。

「最初もチェスね。当然だけど、エストが挑んできたのよ」

それはまあ、予想通りと言える。

今でも、基本的にエストが挑んで、オーヴェが仕方なくという姿勢を見つつ、割と乗り気で受けている光景をよく目にする。

「比べられることが多かったしね」

エストが盤面から顔を上げてそう言った。

「一応、オーヴェとは親戚ってことになるし、立場も年齢も近いから比べられることが多かったのよ」

三大貴族の令嬢、というのはノルテも同じだが、血縁の近さは別だ。

最年長のノルテと、最年少のエストでは少し年齢差があるというのもある。

成長してしまえばそこまで大きくない年の差も、子供の頃は影響が大きい。

「学力とか貴族としてとか、いろいろ比べられることは多かったの。ほら、オーヴェってこんなだけど、外面はいいでしょ？」

「そういう振る舞いこそ、貴族のたしなみだもの」

涼しげに言うオーヴェをチラリと見て、エストが続ける。

「オーヴェは当時から、子供としてはチェスが強いって話もあったしね。勉強では敵わないだろうけど、これなら、と思って挑んだのよ」

「ほう」

「もちろん、わたしが勝ったわよ」

「ぐぬぬ……」

オーヴェが自慢げに笑い、エストは悔しそうだ。

「それ以降、ちょくちょく勝負を挑んでくるようになったのよ」

懐かしげに言うオーヴェ。

オーヴェにとっても、エストは特別だったのだろう。

年が近く、競い合える女の子、というのは、なかなかいなかっただろうし。

オーヴェはこれでも……というか、貴族界では優秀な女の子だ。

優秀過ぎて、しかもそれを令嬢らしいしとやかさに包まないので、見栄っ張りな貴族の令息たちからは敬遠されていたくらいだ。

それに食らいついて勝負を挑めるのは、エストくらいだろう。

悔しがっている姿を見せるのはエストが多いが、オーヴェもかなり負けず嫌いだ。

そうしてふたりは競い合ってきたのだろう。

「トータルの結果って、どんな感じなんだ？」

イメージとして、オーヴェのほうが勝ち越している感じがあるが、エストが勝っている場面も見るので、実際のところはわからない。

エストは悔しがるから目立つ、ということもあるしな。

「そんなの、もういちいち覚えてないわよ」

エストがそう言うのに、俺もうなずいた。

それもそうだろう。

事あるごとに勝負をしてきているのだ。

最初の頃はともかく、今は数えていないというのはおかしなことじゃない。

当初こそ比べられる対象である相手を打ち負かそう、という気持ちも大きかったかもしれないが、今の勝負はそういう体《てい》で遊んでいる感じだしな。

そんな風に納得した俺に、オーヴェが言った。

「三千三百十四勝、三千百十七敗よ」

「えっ……」

オーヴェから出てきた数字に、驚きの声をもらす。

「毎回数えてたのか？」

尋ねる俺にオーヴェが答えるより先に、エストが声をあげる。

「嘘よ！」

彼女はオーヴェを疑いの目で見た。

「多分あたしのほうが勝ってるし」

「それはないわ。二百勝差がついてるのよ？」

「さっきの数字が本当だとして、百九十七勝差よ。盛ってるじゃない。さっきの数字も、そうやって盛ってるんでしょ？」

そこでエストは、疑心と確認の半々みたいな顔で尋ねた。

「さっきの数字、ノリで言っただけで、本当に数えてるわけじゃないわよね？」

「どうかしら？」

オーヴェは涼しい顔で言った。

「むむむ……」

エストは悩ましげな顔で、オーヴェを見つめるのだった。

●

今日の談話室――というか屋敷には、ノルテが不在だ。

あらじめ聞いていたことなので、不思議はない。

談話室ではオーヴェとノルテが、いつものようにチェスをしていた。

ノルテはセプテント領からきた親戚との会合で、そちらへと顔を出している。

地方にある領地と、王都での政治。

三大貴族はその両方、二つで一つの家としてそれぞれ成り立っているため、時折顔を合わせて話し合いをするのだそうだ。

ちなみに俺も先程、セプテント領の人たちと会ってきていた。

王都ほどではないものの、俺の能力は特異なため、セプテント家の人たちも気になったというのもあるだろうし、まあそれ以上に、まだ正式ではないとはいえ、令嬢であるノルテの結婚相手ということで、気にもなるだろう。

「ノルテがいないと、なんだか子供っぽい気分になるわね」

「そうか？」

寂しいとかではなく、子供っぽい気分というのがわからず、俺は首をかしげた。

「エストとこうして勝負するのって、昔からだから」

「ああ、なるほど」

地元に帰ると方言が出るとか、懐かしい友人と会うとその頃に戻った気がするとか、そういう類《たぐい》の話か。

もちろん、オーヴェとエストは大人になった今も毎日顔を合わせて、勝負の頻度などは上がっているが、ノルテがいなくなると大人になった自分を保つ相手がいなくなるわけだ。

「子供の頃のオーヴェにならら、楽勝そうね」

「どうかしら？」

オーヴェはそう言いながら、ナイトを進めた。

そもそも、気分が子供に戻ったからといって、実力まで戻る訳ではないと思うが。

「ノルテのところは食べ物がおいしいみたいだし、一度そっちに顔を出すのよさそうだよね」

エストがそう言いながら、向こうに行く機会ってあるのか？」

「ふたりが、向こうに行く機会ってあるのか？」

尋ねると、彼女たちはうなずいた。

「そうね。向こうが来てくれることもあるけれど、こっちが領地に行くことも割とあるわね」

「元々は、向こうがそれぞれの家の領地だしね」

「ああ、たしかに」

俺は王都で暮らす彼女たち、三大貴族の公爵たちしか知らないが、本来治める土地は領地のほうだ。こちらに来ているのが出張みたいなものか。

直接治めることはないものの、ルーツとなっている場所を知っておくのはむしろ必須か。

「今はともかく……」

オーヴェがコマを進めながら言う。

「もっといろいろと落ち着いたら、一度それぞれに行ってみるのもいいかもしれないわね」

「たしかに。みんなであちこち行くのって面白そうね」

「ああ、確かにいいかもな」

一庶民である俺は、他の地方へ行ったことがない。

行商人でもない限り、大半の庶民はそうだろう。

馬車も持っていないし、あちこちへいく手段がない。

冒険者になるだとか、不可能とまではいわないが、わざわざ遠くへ行くことはなく、ほとんどの人は生まれた街を出ずに暮らしていく。

貴族の場合なら、旅行をするのも可能だ。

特に、自身や親戚の領地に向かうというのは、名目としてもわかりやすいしな。

「アーウェルの仕事もあるし、そう長い期間、王都を開けるのは難しいだろうけれど、顔を出して少し見て回るくらいなら問題ないでしょうし」

「オリエー領は、こっちでは手に入らない魚もいろいろあがってくるのよ」

エストが胸をはりながらそう言った。

その後も領の魅力を語るエストの話を聞きながら、いつか本当にそちらに行ってみるのもいいかもしれないな、と思うのだった。

●

「うおっ、来てたのか」

部屋で本を読んでいたところ、ふと顔を上げると、エストが来ていた。

夜、彼女たちが俺の部屋を訪れる時間は特に決まっていないが、普段の傾向からするとやや早い時間だ。

すっかりと油断していた俺は、いきなり来ていた彼女に驚いた。

「あ、あたしもびっくりしたわよ」

驚いた俺に固まっていたエストが、気を取り直したように言った。

「なんでそっと入ってきたんだ……？」

警戒しているわけではないので、こっそり入ってこられるとさすがに気付かない。

が、普通に入ってきてわからないほど集中していたわけでもない。

特にエストは、普段賑やかに入ってくるため、いつも通りならば確実に気付いたはずだ。

「そんなにこっそりしてた訳でもないけどね。……まあ、普段よりはおとなしかったかもしれないけど」

彼女はそう言うと、そのままこちらへと来る。

俺は立ち上がると、ベッドのほうへと向かった。

「あたしに気付かないなんて、ちょっと疲れてるんじゃないの？」

「そこまでくたくたって感じでもないけどな」

「そう？　屋敷を回ってるし、夜は夜でその……う、運動的なことしてるし、知らないうちに疲れていてもおかしくないわよ」

夜の運動……まあ、これからもそれをするわけだが、ちょっと照れているエストが可愛らしかった。

そんな話をしながらベッドまで来ると、彼女が胸をはった。

「えっちなことする前に、マッサージしてあげる」

「ほう……？」

珍しい提案だ。

というかお嬢様にも、疲れをとるためにマッサージって概念があるのか、という驚きもある。

美容的な目的ならわからなくもないが、疲労回復はもっと労働者的な層に必要とされているイメージだ。

いずれにせよ、エストはされる側であってする側ではないだろうが。

まあ、実際にマッサージの腕はどうという話は置いておいて、女の子にマッサージされる、というのはそれだけでちょっと惹かれるものがある。

なんか、それは結局夜のマッサージなのでは？　という気もするが。

ともあれ。

「せっかくだし、お願いしようかな」

どうせなら試してみるに限る。

俺はまず、うつ伏せになった。

「ん、しょっ……」

エストもベッドへと上がってくる。

後ろで動く気配がして、彼女がうつ伏せの俺へと跨がってきた。

「まずは肩のあたりを、ん……」

彼女の手が俺の肩へ伸びて、軽くぐっ、ぐっと押してくる。

小さな手が肩を押してくるのは、確かに心地いい。

「アーウェルの場合、書類仕事じゃないから肩こりとは違うのかな」

「ああ」

うなずきながら、そうか、と俺は思った。

エストは小柄ながら巨乳だ。

胸が大きいと肩が凝る、というのはよく聞く話だった。

そういう意味では、彼女も肩こりと無縁ではないのかもしれない。

身体が小柄なぶん、胸が重いはずだし、なおさらだ。

「それじゃ、背中のほうを……ふぅ、んっ」

彼女の手が背中を刺激してくる。

女の子の手が背中をさすり、押してくるのはなかなかに心地いいものだ。

力をかけるときに、跨がった彼女の下半身が腰の辺りに押しつけられる。

俺が上を向いていれば騎乗位みたいな状態だ。

もちろん、この体勢では繋がることは不可能だが。

「アーウェルは背中が傾いてないわね。姿勢がいいのかしら」

「ああ、特にどちらかに負荷かかるような体勢はとらないからな」

片側にだけ重い荷物を持ち続けていると傾いていくとか、前傾姿勢が長いと猫背になるとかはあるだろうが、俺の場合はそういうこともない。

「それでも、疲れは溜まるだろうしね。姿勢がよくたって、首とか背中は頭を支えてるわけだし」

そう言いながら、エストはマッサージを続けていく。

「んっ……しょっ……ふぅっ……」

かすかな吐息とともに、女の子の手が俺の身体に触れていく。

しばらくの間、エストのマッサージを楽しんでいくのだった。

肩から背中、そして腰までマッサージを終えたエストが一息吐く。

「ん、こんなところかな。どう、気持ち良かった？」

「ああ、よかった。ありがとう」

そう言うと、俺に跨がる彼女の雰囲気が変わったのがわかった。

「よかった。それじゃ、ここからはちょっと違うマッサージを……」

エストが俺の腰からどき、そのまま少し下へと動いた。

そして、俺の足の間へと手を差し込んできた。

「えいっ」

「うぉ……」

彼女の手が、俺の股間を優しくつかむ。

「んっ……ここはやっぱり、服の上からじゃないほうがわかりやすいわね。繊細なところだし……」

そう言いながら、ズボンへと手をかけてきた。

「どうせなら、仰向けになってくれる？」

「ああ」

俺は素直に腰を上げて、まずはズボンと下着を脱がされると、そのまま仰向けになった。

「ふふっ、それじゃ、特別なマッサージを……」

彼女の手が、俺の陰嚢へと伸びてきた。

エストは両手で、それぞれの玉を優しく包む。

「このタマタマで精液を作ってるんだもんね。ここを優しくマッサージしたら、すっごく元気になるかも」

そう言って、彼女は丁寧に睾丸をマッサージしてきた。

「ふにふに、ころころー」

優しい指使いが玉を刺激する。

肉竿のような直接的なものとは違うものの、ムラムラと欲望が湧き上がってきた。

「あっ、これも気持ちいいんだ？　それとも、精液たくさんになって反応してるのかな。おちんちんがぐんぐん大きくなってきてる……♥」

肉棒を見て、エストが嬉しそうに言った。

「それじゃあもっとタマタマを、んっ……ふにふに、もみもみ」

「あぁ……」

淫気は溜まっていくものの、肉竿には触れられない。

そのもどかしさが余計に昂ぶりを煽っていく。

「なんだか不思議な感じがするわね。ここも性器だけど、普段はいじることないし」

そう言いながら、玉をマッサージしていくエスト。

「ああ、こっちもなんだか……ちょっと落ち着かない感じだ」

「ムラムラだけ溜まっていくと、すごいことになりそう。だけど、んっ……」

彼女は肉棒を見つめる。

「もうこんなにギンギンになって、こっちも触ってほしそうにしてる」

そう言いながら、ふにふにと玉袋を刺激してくる。

「それにあたしも、んっ……」

そこでようやく、彼女は陰嚢から指を離した。

「ね、アーウェル。マッサージで元気になったこれで、ね？」

そう言って、肉棒を軽くしごいてくる。

「ああ」

俺は姿勢を変えて、彼女をベッドへと押し倒した。

「あんっ♥」

抵抗せずに仰向けになったエスト。

俺はそんな彼女の下着へと手をかける。

そしてそのまま、するっと脱がせていった。

「んっ……」

そして彼女の割れ目へと指を伸ばしていく。

まずは割れ目に沿って、指を上下させた。

「あぅっ……ん、アーウェル、んぁ……♥」

彼女は艶めかしい声をあげて、小さく身体をくねらせた。

俺は陰裂を往復して、時折指先で割り開く。

「あぁっ……♥　そこ、そんな風にくぱぁってされるの、んっ、恥ずかしい、んぁっ……」

そう言う彼女のアソコから、愛液があふれてくる。

「んぁ、はぁ……♥」

「恥ずかしいって言いながら、喜んでるみたいだな」

俺が言うと、エストは顔を赤くする。

「んぅっ……それは、んっ、アーウェルの指がえっちだから、んんっ……！」

彼女はそう答えながら、身体を反応させていく。

もう十分に濡れており、受け入れ準備ばっちりになったアソコを前に、俺は指を離した。

そして、さきほどのマッサージで高められ、活性化している肉竿をあてがう。

「んぁっ……アーウェルの硬いの、んんっ♥」

「いくぞ」

そのまま腰を進め、彼女の中へと侵入していく。

「んぁ♥　ああっ！」

ぬぷり、と肉棒が膣内に迎え入れられていく。

熱く湿ったおまんこが肉竿を歓待していた。

俺はさっそく、腰を動かし始めた。

「んぁっ♥　はぁ、んっ……」

膣襞《ちつひだ》を擦り上げながら、膣内を往復する。

「アーウェル、ん、ふぅっ……」

彼女は艶めかしい声を漏らしながら、膣道できゅっきゅと締めつけてくる。

その気持ちよさを感じながら、往復を続けた。

「あっ、ん、あふっ」

「エスト、マッサージで元気にしてもらった分、たっぷりするからな」

そう言って腰を振っていく。

「ああっ！　ん、アーウェルの、あたしの中に、いっぱい出してっ……♥」

エロくおねだりされ、興奮が高まる。

それは腰振りにも影響を与え、俺はぐっ腰を突き出して、彼女の奥を突いていった。

「んくぅっ！　あっ♥　んはぁ、アーウェルのおちんぽが、あたしの、一番奥までズンズン来て、ん、ああっ♥」

肉竿の先端が、コリッと子宮口を刺激する。

「んはぁっ♥」

エストが嬌声をあげ、膣道がきゅっと反応した。

俺は深めの部分を刺激するように、腰を動かしていく。

「あぁっ♥　ん、はぁっ！」

奥を突いていくと、エストが喘ぎ、おまんこが喜ぶようにうねる。

「あふっ、ん、あぁっ！」

愛液がとぷっとあふれ、膣内が反応する。

俺はピストンを続け、膣内をかき回していった。

「んあっ♥　あっ、ん、はぁっ！　奥までいっぱい、ん、おちんぽに突かれて、あっ、ん、はぁっ……！」

エストが嬌声をあげていく。

「あぅっ、ん、気持ち良すぎて、あっ♥　もう、イクッ！　ん、アーウェル、あぁっ、ん、あうぅっ！」

「うっ、エスト、こっちも……」

膣襞のしごきあげと締めつけ、そしてちゅっと亀頭を吸うように動く子宮口の気持ちよさに、俺も限界を迎えていた。

「あうぅっ♥　ん、はぁっ、出してぇ……そのまま、あたしの中に、ん、あっあっ♥」

彼女は嬌声をあげて感じていく。

昂ぶりに合わせてうねる膣襞が、肉棒を締めつけて精液をおねだりしてくる。

その気持ちよさに、白濁が駆け上ってくるのを感じる。

「エスト、出すぞ」

「あぅっ、ん、来てっ……中にいっぱい、ん、あぁっ！　イクッ、ん、はぁっ、アーウェルっ、んぁ、ああっ！」

彼女は嬌声をあげて乱れていく。

俺はラストスパートで腰を振り、その膣内を往復していった。

「ああっ、んぁ、あはぁっ、イクッ！　気持ちいいっ♥　ん、あっあっあっ♥　イクッ、んぁ、イクウゥウゥウゥッ！」

「う、あぁっ！」

彼女が絶頂し、膣内が収縮する。

肉棒を締めつけ、精液を搾るようにうねる膣襞。

その気持ちよさにうながされるまま、俺は中出しを決めていった。

「あうぅぅっ♥　あっ♥　膣内、んぁ、あたしの奥に、せーえき、どびゅびゅっていっぱいでてるぅっ♥」

絶頂おまんこに中出しを受けて、エストが甘い声を漏らした。

余すことなく精液を搾ろうする貪欲おまんこの中に、しっかりと注ぎ込んでいく。

「あふっ……ん、はぁ、あぁ……♥」

彼女はうっとりとそれを受け止め、快楽に脱力していった。

「んぁっ……♥」

射精を終えて肉棒を引き抜くと、膣襞が擦れ、彼女が声をあげる。

俺はそのまま、彼女の隣へと寝そべった。

「ん、アーウェル……」

エストは俺のほうへと向きを変えて、潤んだ瞳で見つめてくる。

俺は彼女を抱き締めながら、優しくキスをした。

「んんっ……♥」

エストは小さく吐息を漏らし、満足そうな笑みを浮かべた。

そして俺に抱きついてくる。

柔らかな胸がむにゅっとかたちを変えながら押し当てられる。

その気持ちよさを感じながら、俺も彼女を抱き締め返した。

そしてそのまま行為の余韻に浸り、満たされていくのだった。

●

「そういえばアーウェルってさ」

いつもの談話室。

エストが突然話を切り出してきた。

今日の勝負は一段落ついた後で、エストはのんびりと座っている。

「ああ、なんだ？」

「欲しいものとかってないの？」

彼女の質問に、俺は少し考える。

「これといってないかな？　そもそも、必要なものって、すでにほぼ用意されてるし」

彼女たちと結婚して、かたちの上では伯爵になって。

多少の調整はありつつ、元々屋敷に来ていた使用人の多くは、そのまま所属をこちらへと移し、変わらずに仕えてくれている。

わざわざ俺が何かを言うまでもなく、すべて手配してくれているのだった。

一応は伯爵として関連書類に目を通すことや、必要に応じて集まりに顔を出すことはあるものの、基本的なことは使用人たちに任せてしまって問題がない。

俺の能力で、なにか悪巧みをしようものならすぐわかる。

悪意なく全力でやって失敗する場合は俺の能力で察知できないが、仕えてくれる人々は使用人として一流だし、そちらも心配はいらない。

なにせ元々、三大貴族の公爵たちが、娘の面倒を見てもらうために選んだ人材だ。

変に俺が口を出すよりも、よほど上手くやってくれる。

というわけで、日々の生活で困ることはない。

「いや、そういう生活面じゃなくて、嗜好品とかのほう」

「たしかに貴族になってからも、アーウェルが商人と話して何かを用意させてるのって、見たことないわね」

部屋にいたオーヴェも話に乗ってきたので、俺はうなずいた。

「ああ、そういうのはな……まだ慣れないよ」

貴族の元には、商人が御用聞きに訪れる。

自分で店に出向くことのない貴族たちは、その商人から様々なものを手に入れるのだ。

貴族側からアプローチをかける場合は、事前に使用人に伝えておけば、商人が用意して定期的に持ってきてくれる。

それは、彼らが日頃から取り扱う商品だけにとどまらない。

貴族の屋敷に出入りできる商人は、基本的に何代も続く大商人だ。

そのため、新進気鋭の商人が作り出した何かが貴族間で流行した場合でも、大商人が間に入って買い付けを行う。

新人の側は貴族に商品が売れたという箔もつくし、どんなにいい物でも貴族と直接のやりとりはできない立場なので、プラス面を重視する。

大商人側もまた、何でも用意出来るという面目を保てる。

編み物をするのに本を書かせたとき――はレアなケースではあるが、ああして存在しないものを作り出す場合も、間に入って手配をしてくれる。

生活用品はもちろん使用人が取り仕切るので、貴族が直接商人に話をするのは嗜好品だろう。

確かに俺は、この屋敷に来てからも積極的には、何かを買ってはいない。

何かこだわりがあるというわけではなく、単にそこまで欲しい物がなかったのと、元々が庶民のため、まだそういう貴族式の買い物になれていないからだ。

これまでは使用人であり庶民だったので、自身でふらっと街に買いに行くということも可能だったが……そうか……。

貴族になったため、これからはあまりそういうことはしないほうがいい、のか？

どうだろう。

肩書きだけと言えば肩書きだけではあるしな。

まあ、別にそれも、何か欲しいから困る、というようなことではないのだが。

「それこそ、必要な物は執事に話して持ってきてもらってるから、まったくなにも買ってないわけじゃないが……」

直接商人と話すような買い方は、確かにしていない。

手に取ったり、実際に目にして選びたい場合の話だろうな。

それらだって、使用人なり商人なりが、それなりな物を用意してくれるしな。

俺には貴族階級の知識も教養もないから、そのほうがいい。

単に性能や使いやすさなら、任せてしまったほうがいい物が手に入るくらいだ。

というわけで、俺はわざわざ商人からの購入という機会がないのだった。

「こだわりよりも、実用性重視なんだよ」

「ふうん……」

エストがこちらを覗き込む。

「別に、遠慮してるわけじゃないのね」

「ああ。こだわるほど一つの趣味にのめり込むって訳でも無いし。今はいろいろ、少しずつ手を出すほうが合っていそうってだけだ」

執事から令嬢たちの婚約者、そして貴族へと立場もめまぐるしく変わっているしな。

広く浅く、最低限にでも身につけたほうがよさそうなことは、いくらでもある。決して、なにもしていないわけではない。

「ならいいけど」

「変わった品とかだと、しっかり話をするのも重要になってくるのかな」

エストなら、オーヴェとの勝負に使うゲームなどでも、しっかりと選びそうだ。

そのあたりは、元々そうして過ごしてきたかどうかの違いかもしれない。

「わたしたちが頻繁に商人と会うから、余計にそう感じるんでしょうね。ノルテなんかは、そこまでいつも商人に頼んでいる訳ではないし」

「私ですか？　たしかに、そうかもしれませんね」

「それもそうね。人それぞれかもね」

ノルテも頷き、オーヴェも納得したようだ。

そんな益体もない話をしながら、穏やかな時間を過ごしていくのだった。

●

夜、今日はオーヴェが俺の部屋を訪れてきた。

彼女たちが代わる代わる訪れ、エロいことをたくさん出来るハーレム生活は最高だ。

こうして夜を共に過ごすこともすっかりと日常になっているが、考えてみれば豪華な話だ。

俺はオーヴェと共にベッドへと向かう。

そして彼女を抱き寄せながら、清潔なシーツに倒れ込んだ。

「んっ……」

昼間とは違い、夜は素直なオーヴェが唇を重ねてくる。

可愛らしいキスをして唇を離した彼女が、至近距離で俺を見つめた。

少し潤んだ瞳は魅力的で、吸い寄せられるようにまたキスを重ねる。

「んんっ……」

素直にそれを受け入れていた彼女が離れると、そのまま下半身へと移動する。

彼女は柔らかな胸を、俺の身体に押し当てながら動いていった。

たわわな双丘の感触に期待が高まっていくと、彼女の胸がズボン越しに肉竿を撫でた。

「うっ……」

むにゅりと柔らかな膨らみに股間を圧迫され、気持ちがいい。

「ふふっ……」

そんな俺の様子に満足げな笑みを浮かべたオーヴェが、こちらのズボンへと手をかけてくる。

そして今ではすっかりと慣れた手つきでズボンを脱がし、そのまま下着も脱がしていった。

「アーウェルのここ、まだ大人しいわね」

胸の感触が心地よいとはいっても、軽く触れられただけではまだ反応は緩やかだ。

そんなペニスに触れた彼女は、そのまま顔を近づけてくる。

「あむっ」

彼女の口内に、おとなしいままの肉竿をが咥え込まれる。

「むぐっ、じゅるっ……こうしてお口に入れていればすぐに、あっ♥」

温かく濡れた口の中に迎え入れられ、肉棒がぐんぐんと膨らんでいく。

「んむ、お口の中で、大きくなってきてるわね……♥」

彼女の口がもごもごと動き、肉棒を刺激する。

それによってどんどんと膨らみ、彼女の喉まで届いていった。

「んむっ、じゅぷっ……」

膨らむにつれ、彼女は頭を引いていく。

唇が肉竿を擦り、舌先がちろちろとくすぐってきた。

「うぁ……」

「じゅるっ、ちゅぽん♪」

そっと口を離すと、猛る勃起竿をうっとりと眺めた。

「お口の中でおちんぽが大きくなるの、すごくえっちな感じがするわよね」

そう言って、唾液に濡れた肉竿に指先を這わせる。

細い指先が気持ちいい。

「あむっ……」

彼女は再び肉竿を咥える。

今度は亀頭のほうを浅めに咥え、唇がカリ裏を刺激する。

「ん、ちゅぷっ、れろっ……」

小さく口を動かしながら、舌先が鈴口をくすぐってきた。

「おぉ……」

その気持ちよさに声を漏らすと、彼女は笑みを浮かべて俺を見上げる。

「ん、ちゅぱっ、ちろろっ……」

そして再び、カリ裏と先端に刺激を与えてくる。

「じゅぷっ……ちゅぷっ……」

頭ごと上下させて、肉竿を深く迎え入れていく。

唇が肉竿を擦り、舌が裏側をくすぐる。

「じゅぽっ、じゅるっ……」

お口が肉竿に吸い付き、ご奉仕愛撫を行っていった。

オーヴェのフェラで気持ち良くされながら、彼女を眺める。

「んむっ、じゅぷっ……」

肉竿を咥え込んでいるオーヴェ。

貴族令嬢のエロい姿にますます昂ぶりが増していく。

「ん、はぁ……ふぅっ……」

彼女は上目遣いにこちらを見上げてきた。

男の肉棒を咥えたままで見上げてくるオーヴェは可愛くもドスケベで、欲望が高まる。

「オーヴェ……」

「ん、じゅぶぶっ、ちゅぽっ……」

名前を呼ぶと、彼女はさらに激しくチンポをしゃぶってきた。

「ちゅぱ、じゅるっ、れろろぉ……」

口淫に感じ、射精欲が膨らんでいく。

「んぐっ、ちゅぷっ……先っぽ、張り詰めてきてるみたい、ん、れろろっ！」

「あぁ……！」

彼女が鈴口の辺りを舌先で舐めてくる。

「先っぽから、我慢汁もあふれてきて、れろっ……」

舌先が先走りを舐め取り、快感が広がる。

「ん、ちゅぅっ♥」

た。

「おぅっ、オーヴェ、あぁ……」

彼女は軽く肉竿を吸ってくる。

その気持ちよさに腰が上がると、オーヴェは満足げに笑みを浮かべ、さらに激しく吸い付いてきた。

「じゅぷぷっ……れろっ、ちゅぱっ……ちゅぅぅっ……！」

ますます激しく動き、肉竿をしゃぶりながら、バキュームを混ぜてくる。

そんな彼女のフェラで、俺はもうイきそうだった。

「ん、うっ、ちゅぷっ、ちゅっ、れろっ、ちゅぱっ……もう出そう？」

「ああ」

俺がうなずくと、彼女はこちらの腰をつかみ、さらに深く肉竿を咥え込んだ。

「んむっ、それじゃあこのまま、じゅぽっじゅぽっ、じゅるっ、ちゅぱっ！」

「くっ！」

激しく肉竿をしゃぶられ、限界が近づいてくる。

「ん、じゅぷぷっ！　じゅるっ、れろっ、ちゅぅっ♥」

舐め回し、咥え込み、バキュームしてくるオーヴェ。

「もう出るっ！」

「ん、出して……♥　じゅぶじゅぶっ、ちゅぱっ、ちろろっ、ちゅぅぅぅぅっ♥」

勢いよくチンポを吸われ、その気持ちよさにうながされるまま、俺は射精した。

「んくっ、ん、じゅるるっ！」

「うぁ。出してる最中に吸われると、あぁっ……」

射精中の肉棒にもしっかりと吸い付き、精液を搾りとっていくオーヴェ。

俺はそんな彼女のお口に、精液を放っていく。

「んぐっ、ん、ごっくんっ……♥」

彼女は口内に放たれた精液を飲み干してから、やっと肉竿を離した。

「あふっ……濃いのが、喉に絡みつくみたい……♥」

オーヴェは潤んだ瞳で俺を見つめると、身を起こす。

そして自らの服を脱ぎ捨てていった。

「ドロドロの精液を出されて、すっごく疼いちゃった……♥」

そう言って身体をくねらせるオーヴェはドスケベで、オスの本能を刺激する。

今その口に出したばかりだというのに、肉竿は上を向き、彼女を目指しているかのようだった。

「ん、しょっ……」

裸になった彼女が、俺に跨がってくる。

下から見上げると、彼女の濡れたアソコもあらわになっていた。

「今度はここで、アーウェルのおちんぽ、いっぱい感じさせてもらうわよ」

そう言って、くぱぁとおまんこを広げるオーヴェ。

その淫らな姿に、肉棒が反応する。

オーヴェはそのまま、腰を下ろしてきた。

「んぁ……はぁ……♥」

肉竿をつかみ、自らの膣口へと誘導していくオーヴェ。

そのまま腰を下ろしきり、その膣内に肉竿を納めていった。

「あふっ、ん、あぁっ！」

ぬぷりとおまんこが肉棒を咥え込む。

熱くうねる膣襞が、肉竿を締めつけた。

「ん、はぁ、アーウェルのおちんぽ♥　ん、はぁっ……」

俺に跨がった彼女は、上半身を倒すようにしながら、腰を動かしてくる。

ぬぷっ、じゅぶっ……と肉竿がその膣内を動いていく。

「あぁっ、ん、中、気持ちいい、ん、はぁっ♥」

彼女は甘い声を漏らしながら、腰を動かしていった。

その身体が前へと傾き、膣内で肉竿が当たる位置も変わっていく。

「ん、はぁっ、オーヴェ、んぁ、はぁっ！」

膣襞が肉竿をしごき上げ、快感を送り込んでくる。

「あぅっ、ん、もっと、あふっ……」

快楽を求めるように、彼女が動いていく。

身体を重ねてくると、その大きなおっぱいが俺の身体で柔らかくかたちを変えていった。

「んぅっ♥　ふぅ、んぁっ……！」

俺の上に乗ったオーヴェが、抱きつくようにしながら腰を振っていく。

膣襞が肉竿を包む気持ちよさと、押し当てられている柔らかなおっぱい。

その心地よさを感じながら、彼女を見あげる。

「あぁ♥　ん、ふぅっ……」

発情顔で俺を見つめ、腰を動かすオーヴェ。

そんな彼女を抱き返すようにして、腰を突き上げた。

「んはぁっ♥」

肉棒が膣奥へと当たり、彼女が嬌声をあげる。

「急にそんな、ん、あぁっ♥」

腰を突き上げると敏感に反応するオーヴェが可愛らしくて、俺も思いきり動いていく。

「あっあっ♥　ん、だめぇっ……♥」

おまんこを突き上げられて、喘いでいくオーヴェ。

蠕動する膣襞が、喜ぶように肉棒を締めつけてくる。

「んはぁっ！　あっ、ん、ふぅっ♥」

発情した彼女が、大きく腰を振っていく。

ぐっと腰を押しつけてきて、その膣襞が肉棒をしごき上げた。

肉竿が膣内を満たし、先端が子宮口へと当たる。

「あうぅっ♥　そこ、ん、はぁっ！」

亀頭につんつんと奥をつつかれ、オーヴェが喘いだ。

彼女は深く繋がったまま腰を前後に動かし、快楽に乱れていく。

俺のほうも腰を動かし、その膣内をかき回していった。

「んはぁっ♥　あっ、イクッ♥　ん、はぁっ！」

オーヴェは高く声をあげ、再び腰を大胆に動かし始めた。

膣襞が肉棒をしごき上げ、締めつけてくる。

「あふっ、ん、はぁっ♥　も、イクッ！　あっあっ♥」

彼女はぎゅっとこちらに抱きつきながら腰を振り、乱れていく。

「んはぁ、あっ、イクッ、ん、アーウェル、んぁ♥　ああっ！　イクッ、あっあっあっ、イクウゥウゥウッ！」

嬌声をあげ、オーヴェが絶頂を迎える。

膣内がきゅっと収縮し、肉棒を締め上げた。

「あぁ、オーヴェ」

絶頂するおまんこの強い締め付けを受けながら、俺は彼女を抱き寄せぐっと肉棒を突き入れる。

どびゅびゅっ、びゅるるるっ！

密着状態での、最高に気持ちいい中出しを決めた。

「ひぅぅっ♥　んはぁっ、ああっ♥　熱い精液、んぁ、わたしの奥に、勢いよく注がれてるぅっ♥」

絶頂状態で精液を注ぎ込まれた彼女が、気持ちよさそうに声をあげ、受け止めていく。
膣内が蠢き、余さずに搾り取ってくる快感に任せ、俺は出し切っていった。
「んぁっ……♥　はぁ、あぁ……♥」
膣奥にたっぷりと精液を受け入れ、オーヴェが蕩けた声を漏らした。
「んっ……」
そして俺へと抱きついたままで感じ入る。
射精を終えた俺は満足し、彼女の背中を優しく撫でた。
行為後の、少し火照った身体。
令嬢のなめらかな肌を撫でながら、押しつけられる胸の柔らかさを楽しむ。
お互いに子作りを意識した、遠慮のない本気のセックス。
精神的にも、肉体的にも、それはとても素晴らしい快感だった。
そしてなにより、新妻への愛しさが湧いてくる。
彼女が落ち着くまで、そうして繋がったままで抱き合っていたのだった。

エピローグ　続いていくいちゃいちゃ生活

平和が訪れ、結婚も正式に認められた今、俺に求められているのは三人との子作りだ。

俺の能力がどの程度遺伝するものなのか分からないが、子供は多ければ多いほどいい、という考え方みたいだ。

まあ、彼女たちの実家は三大貴族。経済的に困ることはないだろうしな。

そんなわけで、三人の美人妻たちといちゃいちゃと過ごす日々が続いていた。

実態はともかく、名目上は伯爵という地位も手に入れ、悠々自適の生活だ。

事件解決以降、他の貴族たちからも好意的な扱いを受けるし、元庶民であるという立場を弁《わきま》えた上でなら、発言も受け入れられやすい状態にある。

そして夜はもちろん、彼女たちとベッドを共にするのだ。

基本的には毎晩ひとりずつ俺の元を訪れるのだが、時には違うこともある。

建前としては、時折非日常的なプレイを混ぜることで、それが刺激となって子作りに励める、ということになってはいるが……。

まあ、やりたいからやっているだけだ。

今日は三人そろって、俺の部屋に来ていた。

「ふふーん、今日は三人でアーウェルを責めて、誰が一番搾り取れるか見せてあげるわよっ！」

エストが胸をはって、高らかに宣言した。

たゆんと揺れるおっぱいに思わず目を奪われていると、隣のオーヴェが妖しい笑みを浮かべる。

「昨日はお休みだったし、アーウェルも溜まってるでしょう？」

「さ、アーウェルさん、こっちに」

ノルテが俺の腕に抱きついてきて、そのままベッドへと誘導してくる。

彼女の爆乳が俺の腕にむにゅりと押しつけられ、包み込んでくる。

俺は三人と一緒にベッドへと向かった。

「今日はたくさん出してもらいますね♪」

ノルテは楽しそうに言って、俺の服へと手をかけてきた。上半身から脱がしてくる彼女に従っている最中、向こうではオーヴェとエストが脱いでいるのが見える。

彼女たちはこちらを意識することなく、ただ自分の服を脱いでいるのだが、それがかえっていけない雰囲気でもあった。

女性ふたりの着替えを覗いているかのような背徳感がある。

見せつけるように脱がれるのもエロいが、自然体で脱いでいるのもかなりいいものだな……。

はらりと落ちる服に、あらわになっていく肢体。

胸元がはだけ、その巨乳が現れる瞬間。

意識していない、無防備な姿を眺めていると、それはそれでムラムラとしてくる。

そんなことを思っている内に、ノルテは下半身の衣服にも手をかけて脱がせてきていた。

「少しだけ反応してますね」

ノルテは股間の前にかがみ込むと、まだ完全ではない肉竿を眺めながら言った。

服を脱ぎ終え、生まれたままの姿になったエストがこちらに近づいてくる。

ノルテは一歩引いて、自らの服を脱ぎ始める。

そちらへ視線を移していると、エストが飛びこんできた。

「えいっ！」

そしてそのまま、俺をベッドへと押し倒した。

仰向けに倒れ込むと、彼女がこちらへと跨がってくる。

そしてすぐに、オーヴェもベッドへと上がってきた。

裸の美女ふたりが、その身をこちらへと寄せてきている。

たゆんっと触れるおっぱいを眺めていると、ふたりがそのまま　覆い被さってくる。

むにゅんっ、むぎゅっ。

ふたりの巨乳が、胸板の辺りに押しつけられる。

その柔らかさを感じていると肉竿にも血が集まってくる。

左右に分かれて半分ずつ俺に乗っかっている彼女たち。

完全に体重がかかっているわけではないので、ふたりに乗られていても重いということはなく、その体温とおっぱいの柔らかさに集中できる。

「ん、なんか硬いのが当たってるわね」

オーヴェがいたずらっぽく言うと、腿を動かしてくる。

「うっ……」

彼女の柔らな腿が、肉竿を擦った。淡い気持ちよさがはしる。

「本当、ビンビンになってる」

エストも足を動かして、肉棒を刺激してきた。

ふたりの腿が左右から肉竿を軽く刺激してくる。

腿での刺激はぎこちないものの、それはそれでいい感じだ。

胸を押し当てながら、軽く脚を動かしていくふたり。

整ったふたりの顔がこちらを向いているのも、良い光景だ。

「さすがに、この姿勢でこれ以上いじるのは難しいわね」

そう言ったオーヴェは、身体を下へとずらしていった。

すると視界が少し広がり、服を脱ぎ終えたノルテがベッドへと上がるのが見えた。

彼女は下のほうからこちらに近づき、俺の足の間へと身体を動かしていく。

オーヴェも同じく足のほうへと身体を滑り込ませてきた。

「それじゃあたしも」

エストも動き、程なくして三人が俺の股間付近へと顔を寄せてきた。

俺は仰向けの状態で軽く首を起こして、その光景を見つめる。

「まずはこのガチガチおちんぽに、お口でご奉仕していきますね♪」

ノルテがそう言うと、チンポへと顔を寄せていく。

オーヴェとエストもそれに続いた。

「んっ……れろっ」

エストの舌が肉竿を舐める。

「ぺろろっ」

「れろんっ」

続いて、オーヴェとエストも舌を伸ばしてきた。

「れろっ……ぺろっ」

「ん、ちろっ……」

「れろれろっ」

三人が舌を伸ばし、俺の肉棒を舐めていく。

温かく柔らかな舌の感触。三人の舌はそれぞれに動き、肉竿のあちこちを舐めてくる。

美女の顔が密着して、競うように肉竿を舐める姿はとてもエロい。

「れろっ……ん、ぺろっ……」

「さすがに三人だと、ん、れろっ……」

「おちんぽには舐めるところがあるけど、顔の位置が少し難しいわね」

そう言いながら、三人がチンポを舐めていく。

三枚の舌がそれぞれ動き、不規則に刺激を与えてくるのは気持ちがいい。そしてそれ以上に、美女三人から舐められる豪華感と肉竿に顔を寄せ合う光景が興奮を煽ってくる。

「それならちょっと位置を変えて、えいっ、あむっ♥」

エストは顔を上げると、肉棒の先端を咥えてきた。

温かな口内に亀頭が包み込まれる。

「れろっ！」

「うぁ……」

そのまま鈴口の辺りを舌先がくすぐり、声を漏らす。

「ん、これなら、れろっ……」

「少し動きやすくなりましたね。ぺろろっ！」

エストが上側にいったことで、オーヴェとノルテが左右へと動いて肉竿を舐めてくる。

「ん、れろっ……ちろっ……」

エストが先端を咥え、舌を動かしていく。

「ん、ちゅぱっ、れろっ……」

そして左右からもオーヴェとノルテが顔を寄せて、肉棒に舌を這わせていった。

三人の美女が俺の股間へと顔を寄せ、肉棒を舐める姿。

それは豪華でエロく、特別な感じがして高まっていく。

俺は彼女たちのご奉仕に身を任せるのだった。

「ちろろっ……ん、はぁ……」

舌先で鈴口を舐め、唇でカリ裏を刺激するエスト。

「れろっ、ぺろっ……おちんぽ、すっごくガチガチにして……わたしたちに舐められて、気持ち良くなってるのね」

「ああ……」

肉竿を舐め、上目遣いにこちらを眺めるオーヴェ。

「れろぉ……♥ ぺろっ、れろんっ」

大きく舌を出して、幹を舐めあげるノルテ。

三人がそれぞれに舐めてきて、様々な刺激が俺を気持ち良くさせていく。

「ん、じゅぽっ、ちゅぷっ……」

エストが顔を動かし、唇で肉竿をしごいてくる。

先端を責められ、快感が広がる。

「れろっ、ぺろっ……」

オーヴェがベロを動かし、中ほどあたりを刺激してきた。

「私はもう少し下に、ん、れろっ……」

ノルテはそう言って、根元のあたりを舐めてくる。

「れろっ、ぺろっ……」

彼女はさらに下へと動き、肉竿の根元から陰嚢のほうへと移動した。

「たっぷりと精液が詰まった、アーウェルさんのタマタマ、れろんっ♥」

彼女の舌が、睾丸を舐めあげる。

肉竿とは違い、くすぐったいような刺激だ。

「ん、それじゃわたしは、あむっ、じゅぽっ……」

肉棒のほうにスペースが出来たため、オーヴェは顔を傾けて、幹を唇で挟み込んだ。

横向きのハーモニカフェラで、肉棒をしごいてくる。

「んむっ、じゅぷっ、じゅるっ……」

射精に繋がる上下の動きに、これまで舐め回されて溜まった分の快感が肉棒を疼かせる。

「んむ、先っぽから、我慢汁が出てる、ちゅぅっ♥」

「あぁっ……！」

気持ちよさにあふれた先走りを、エストが吸っていった。

その気持ちよさに腰が少し上がる。

「れろぉっ♥　ん、ずっしりしたタマタマ……ちゅっ♥」

ノルテが睾丸を刺激してきて、ムラムラが溜まっていく。

性欲の元である部分が刺激されて、活性化しているのかもしれない。

「んむっ♥　ちゅぷっ……」

彼女は口を開けると、玉を口内に含んだ。

「れろっ、ちゅるっ……」

「じゅっ、さきっぽを……れろろっ、ちゅぅっ♥」

ノルテの玉舐めと、エストの亀頭責め。

「んむっ、じゅぶっ、ちゅぱっ！」

そしてオーヴェのハーモニカフェラで、射精欲が高まる。

「ちゅぅっ……アーウェル、どうする？　このままお口で出す？　それとも……」

もぞもぞと動くエストが、上目遣いにこちらを見る。

「ちゅぽんっ！」

そして一度肉竿から口を離すと、身体を起こした。

足を軽く開いて膝立ちになったエスト。寝そべって首を起こしている俺からは、そんな彼女の足の付け根、女の子の秘めたる場所が見える。

「こっちに出したい？」

エストのおまんこはもう濡れて、いやらしい蜜を垂らしていた。

その光景に、本能が疼く。

「ん、タマタマがきゅって反応しましたね。れろんっ♥」

ノルテが舌に玉を乗せて、持ち上げるように動かしてくる。

「三人相手でいっぱい射精しないといけないし、お口で出すほどの余裕はないわよね？」

竿を唇で挟み、ゆるやかにしごきながらオーヴェが言う。

「ああ、そうだな」

三人がかりのフェラはとても気持ちがいいが、この先彼女たちを満足させることを考えると、前戯で出してしまうのはまずいかもしれない。

「でも、ん、じゅぷっ、じゅぽっ！」

「あうっ……！」

オーヴェはいじわるをするように、頭を動かすペースを上げた。

唇が幹をしごき、射精をうながすかのように動いてくる。

「ん、じゅぷっ、じゅぷっ……」

「オーヴェってば、ふふっ」

その様子を見て、エストが笑みを浮かべる。

そして膝立ちで、自らのおまんこを俺へと見せつけたまま言った。

「ここに出さないといけない精液……お口で出されちゃいそうだね」

誘うように言いながら、彼女は自らの割れ目へと指を伸ばし、そこをくぱぁと広げた。

愛液がこぼれ、ピンク色の内側が見える。

肉棒を求めてヒクついている、女の器官。

淫らな膣襞が俺の視線を釘付けにする。

「勢いよく出したら、挿れなくても精液がここに届いちゃうかも……♥　それもなんだか、すっごくえっちでいいわね」

そう言って少し肉棒へとおまんこを近づけるエスト。

その淫らな姿に、ますます俺は追い詰められていく。

「もちろん、その後でちゃんと奥に注いでもらうけど」

中出しを求める三人を相手にするため、ここで出してしまうわけにはいかない。

しかし、玉と竿を口で責められ、おまんこを見せつけられている状況に、興奮は増していく一方だ。

「ん、じゅぷっ……ほら、そろそろ出ちゃいそうよ。ん、我慢汁がとろとろ溢れて、わたしの顔をよごしているもの」

「タマタマもきゅっと上がって、射精準備完了って感じですね。あむっ、れろっ……」

「ふたりとも、うぁ……」

彼女たちの容赦ない責めに、いよいよやばくなってくる。

「これだけタマタマずっしりだし、きっと大丈夫ですよ♪」

「そうかしら？　いっぱい出るから、そんなにもたないかも。まあ、それでも搾るけどね♥」

妖しく笑みを浮かべるオーヴェ。

「ふたりとも、ちょっと離れて」

俺が言うと、ふたりは本当にイキそうだと思ったのか、意外と素直に口を離した。

彼女たちも中に出されることを求めているからだろう。

「アーウェル、出ちゃいそうなの？　ほら、ここに挿れて欲しそうなおまんこがあるわよ？」

そう言って腰をくねらせるエスト。挑発して楽しんでいる彼女は油断している。

ふたりが口を離したのを確認した俺は、素早くエストの腰へと手を回して引き寄せながら、下半身を突きあげた。

指で開かれ、淫らに内側を見せつけていた濡れ濡れおまんこ。そこに肉棒を突っ込んでいく。

「んはぁぁっ♥」

一気に肉棒を挿れられたエストは、嬌声をあげながら腰を落とす。

俺は彼女を支えるようにしながら、体勢を入れ替えてベッドへと寝かす。

そして自身は覆い被さり、その腿をつかむと腰を打ちつけていった。

「んひぃっ♥　あっ、急にそんな、んぁ、膣内、突かれたら、んぁっ！」

十分に濡れていたおまんこは、しっかりと肉棒を迎え入れている。

エストの声も感じてのもので、問題はない。

俺はそのまま、最初から勢いよく腰を振っていった。

「あっあっ♥　最初からそんなに、んぁ、ズンズンしたらだめぇっ♥」

先程までこちらを挑発していたエストが、あんあんと喘いでいく。

その様子は俺の昂ぶりをさらに煽り、腰振りにも力が入っていく。

「んあぁっ！　だめぇ、ん、ああっ♥」

嬌声をあげて乱れていくエスト。

俺はピストンを行い、その膣内を犯していく。

「わ、エストちゃん、ズコズコされちゃってますね」

「すっごい蕩けた顔になっちゃってるわよ」

「ああっ♥　ん、だめぇっ……や、見ないでっ……」

ふたりに覗きこまれ、エストが恥ずかしそうに顔を隠す。

「ふふっ……」

しかしSっぽい笑みを浮かべたオーヴェが、エストの腕をつかんで顔を隠す手をどけさせた。

「あらあら」

ノルテはその様子を楽しそうに眺めている。

俺は精液が上ってくるのを感じながら、ピストンを続けていった。

「あぁっ、だめぇっ、ん、はぁ、あぁっ！　あたし、んぁ、イクッ！　あっ、ん、見られながら、ズンズンおまんこ突かれて、イっちゃうぅっ♥」

嬌声をあげて感じていくエスト。

先程までの様子から一転、快感に溺れていく彼女を眺めながら、腰を打ちつけていく。

「ああっ、ん、イクッ！　ん、あっあっ♥　ひぅっ、ん、やっ、んぅっ♥　イクイクッ！　んぁ、んくぅぅぅぅぅっ♥」

「う、あぁっ……！」

びゅくっ、びゅるるるるるっ！

エストが絶頂したのに合わせて、俺も射精した。

「あぁぁぁっ♥　イってるおまんこに、せーえき、どぴゅどぴゅ出されてるぅっ……♥」

中出しを受けたエストは、気持ちよさそうに声をあげていった。

膣道が肉棒を締めつけ、精液を搾りとっていく。

その気持ちよさを感じながら、俺はエストの中に放出していった。

「あふっ、ん、はぁっ……」

そして射精を終えると、エストから肉棒を引き抜く。

「ん、はぁっ……あぁ……♥」

快楽の余韻に艶めかしい吐息を漏らしながら、エストが力を抜いていく。

荒い呼吸で上下する胸。

直前まで肉棒を咥え込んでいて、まだわずかに口を開いたままの陰裂からあふれ出る体液。

そのエロさを眺めて、俺もひと心地ついていた。

「アーウェルさん」

そんな俺に、ノルテが抱きついてきた。彼女の爆乳が押し当てられ、吐息が耳元をくすぐる。

「次はわたしたちにも、ね？」

反対側から、オーヴェが抱きついてきて、足を絡めるようにする。

軽く押し当てられた彼女の付け根が濡れているのがわかった。

「まだまだ、休ませないわよ？」

「私たちにも、しっかり種付けしてくださいね♪」

ノルテの手が、肉竿へと伸びてくる。

エストの愛液でぬるぬるになったそこを、しなやかな指が往復してくる。

「タマタマ空っぽになるまで、射精してもらうんだから」

オーヴェが小さく腰を動かしながら言った。

まだまだ、熱い夜は終わりそうにない。

「ああ、もちろんだ」

俺は左右のふたりを抱きかかえるようにして、ベッドへと押し倒した。

「あんっ♥」

「アーウェル、まだまだ元気みたいね♪」

ふたりに覆い被さって、まずは彼女たちのおっぱいへと顔を埋める。

柔らかな双丘が俺の顔を受け止め、包み込んできた。

三人の美女に求められる、幸せなハーレムライフ。

これからも、そんな幸福が続いていくのだ。

俺はおっぱいに顔を埋めながら、次はどちらのおまんこを味わおうかと悩み、熱く淫らで幸せな夜を過ごしていくのだった。

END

あとがき

みなさま、こんにちは。もしくははじめまして。赤川ミカミです。

嬉しいことに、今回もパラダイム出版様から本を出していただけることになりました。

これもみなさまの応援あってのことです。本当にありがとうございます。

今作は、特異な能力から三大貴族に目をかけられた主人公が、その令嬢たちに囲まれて過ごす話です。


本作の主人公が持つ、人の悪意や害意を察知する能力。

先回りして対策できることや、敵味方がはっきりするので便利そうですが、「人の気持ちを読むのが得意な人も、似たようなことが出来るのかなぁ」などと思うのです。

ですが、周囲の人間の悪意に気付いてしまっても、その対策は自力で……ってなると、いっそ知らないほうがいいケースも多そうですね。

それに、悪意が自分に向けられているなら対処の必要がありますが、道行く人の大半が自分とは無関係なわけですから、その人への悪意に気付いても……。他人が他人に向ける悪意の飛び交う世界は、ものすごくうるさくて、不愉快そうに思います。

居酒屋で聞こえる愚痴や、インターネットの暗黒面みたいに、うっかり覗き込んでしまう程度で済むほうが、健やかに過ごせそうですね。

そんな本作のヒロインは三人。

スペックは高いけれど、ややツンデレなお嬢様のオーヴェと、そんな彼女をライバル視して勝負を挑みつつも仲良くじゃれ合うエスト、そして穏やかで正統派の令嬢のノルテです。

貴族に対して犯行予告を行う者が現れた影響で、本来ならば高嶺の花であるお嬢様たちに囲まれて、最終的には三人ともいただいてしまおうというハーレム展開を楽しんでいただけると幸いです。


それでは、最後に謝辞を。

今作もお付き合いいただいた担当様。いつもありがとうございます。またこうして本を出していただけて、本当に嬉しく思います。

そして拙作のイラストを担当していただいた218様。本作のヒロインたちを大変魅力的に描いていただき、ありがとうございます。特に終盤、三人が顔を寄せあってご奉仕するハーレム感と淫らさが素敵でした！

最後にこの作品を読んでくれた方々。過去作から追いかけてくれた方、今回初めて出会った方……ありがとうございます！

これからも頑張っていきますので、応援よろしくお願いします。

それではまた次回作で！

二〇二三年八月　赤川ミカミ

キングノベルス

ゲスで優秀《ゆうしゅう》な掛《か》け持《も》ち執事《しつじ》は三大貴族《さんだいきぞく》の令嬢《れいじょう》でハーレムつくってみた。
～お嬢様《じょうさま》、今《いま》すぐ孕《はら》ませて差《さ》し上《あ》げます～

2023年 9月 29日　初版第1刷 発行

■著　　者　赤川ミカミ
■イラスト　218

発行人：久保田裕
発行元：株式会社パラダイム
〒166-0004
東京都杉並区阿佐谷南1-36-4
三幸ビル4A
TEL 03-5306-6921
印刷所：中央精版印刷株式会社

KN115

サポートスキル『増強』を悪用して
成り上がり復讐ライフ!
赤川ミカミ
Mikami Akagawa
illust:218
溢れる気持ちも無限大!
美女の愛なら、
改革余裕でした♥
故郷を貴族に奪われたリュジオ。幼なじみのタルヒや、医療スキルを持つアミスと共に反抗組織で復讐を誓う彼には、【増強】という固有スキルがあった。そのスキルで最強となったリュジオだが、美女達の愛情に包まれたことで英雄への道を歩み始めて!?